우리말 생활백서

우리말 생활백서

김 홍 석

역락

머/리/말

우리는 죽기 전에 하고 싶은 일을 일컬어, '버킷리스트(Bucket list)'라 한다. 이 말을 국립국어원에서 2014년 11월 '소망 목록'으로 다듬어 공표하였으나, 아직 언중들에게 생소한 말일 뿐이다. 여하튼 필자의 '소망 목록'에는 '1년에 한 권씩 출판하기'가 있다. 2004년부터 출간하기 시작하여 14년 된 작년까지 총 13권을 출판하고, 올해는 봄에 수필집 1권, 가을에 교양서 1권 해서 총 두 권을 대중에 선보인다. 이른바 나의 소망 목록을 충실히 지키고 있는 셈이다.

누구는 그런다. "하시는 직업이 정말 한가하신 업종인가 봐요?" 이런 말 들으면 억장이 무너진다. 하루하루를 정신없이 보내며 산다. 장학사라는 직업이 야근 많고, 골치 아픈 거리가 한두 가지가 아니다. 민원인에게 욕 먹는 것은 다반사이고, 한시도 무사한 나날을 보낸 적이 드물다. 이 때문인지 심지어 최근에는 장학사 임용시험의 경쟁률이 점점 떨어지는 추세이다.

그런데 이러한 스트레스를 풀 수 있는 방법이 내겐 글쓰기이다. 매주 일요일 아침에 일찍 일어나 식사를 하고, 10시까지 동산 등반이나 자전거타기로 하루를 시작한다. 그리고 어떠한 일이 있어도 오전 10시부터 한두 시간은 글 쓰는 시간이다. 이 원칙은 특별한 경우가 아니면 꼭 지키며 살고 있다.

글 쓸 때는 참으로 신명난다. 하고 싶은 말을 실컷해보니 말이다. 글의 위력은 무섭기도 하다. 그러나 이 무식한 몸은 그냥 막 일단 갈겨쓴다. 그리고 보고 또 보고 한다. 그러면서 때론 황홀경에 빠지기도 한다. 이게 글 쓰는 쾌락이며 일주일의 스트레스 치유책이다.

작년에 모 출판사에서 낸 『한글생활백서』가 순풍에 돛을 달고 솔솔 팔려 나가고 있다. 그 책을 쓸 때 한글에 대한 여담을 모두 쏟아 넣었다고 생각했는데, 그게 아니었다. 그 이후로도 계속 곱씹어지는 생각들이 나타나고, 이를 모았다가 정리한 것이 이번 책이다. 이름을 같이 해서 『한글생활백서 2』라 할까 했으나, 이 또한 색깔이 다소 다른 듯해서 아예 이름을 『우리말 생활백서』라 하였다. 그러고 보니, '생활백서' 세자매 중 셋째를 탄생시켰다. 첫째는 『국어생활백서』(2007년, 역락), 둘째는 『한글생활백서』(2017년, 연필의 힘)이었으니 말이다.

딸 하나를 시집보내는 심정이다. 이 셋째딸이 아버지를 욕보이게 한다면 이는 모두 내 탓이다. 가슴 속에 애지중지 하면서 키워온 글 자식이 잘못 표현되고 그릇된 행동을 할 수 있다. 그게 다 내 잘못이다. 『딸에게 들려주는 결혼이야기』를 쓰신 가경신 님은 이런 말을 남기셨다.

"세상의 모든 일은 정도는 있지만 왕도는 없다. 정도란 본질을 향해 바르게 가는 길이라면, 왕도는 가장 쉽고도 좋은 길이겠지. 그러나 세상에 언제나 꽃길만 걷는 왕도는 없단다. 다만 어떤 순간에도 사람답게 살기 위해 노력하며 걷는 네 발자국이 만들어내는 너의 길이 있을 뿐이다."

그렇다. 이제 던져 놓았으니, 네 발자국대로 가길 바랄 뿐이다. 꽃길이 아닐 가능성이 높다. 그러나 이 또한 나와 글 자식의 업보일 뿐이다. 아무쪼록 그 길을 큰 탈 없이 터벅터벅 가주길 두 손 모아 간절히 빈다. 그리고 이 글이 예쁘게 책으로 나올 수 있게 깁고 더해주신 박윤정 편집과장님과 출판으로 흔쾌히 허락하신 이대현 사장님께도 심심한 감사를 드린다.

2018년 12월
김홍석 씀

Contents

01 올해의 한자성어

해마다 연말이 되면 교수신문을 통해 올해의 한자성어를 발표한다. 이 시대 최고의 지성인으로 인식되는 대학교수들이 중지를 모아 다수결에 의해 결정한다고 하는데, 그 해의 사회상을 아주 절묘하게 표현해 연말이 되면 세목의 관심을 받는다.

그러면, 2001년부터 현재까지 각 연도별로 발표했던 한자성어[1]들을 알아보자.

- 2001년 오리무중(五里霧中): 오 리에 걸친 짙은 안개 속에 있다는 뜻으로, 무슨 일에 대해 방향이나 갈피를 잡을 수 없음을 비유한다. 김대중 정부가 언론사에 대한 본격적인 세무조사로 언론과의 갈등이 격화되었던 해이다.

- 2002년 이합집산(離合集散): 헤어졌다가 모였다가 하는 일을 말한다. 이 해는 2002년 월드컵으로 붉은 물결이 나라 전역을

---

1) 인터넷 사이트 〈대학교수가 꼽은 역대 올해의 사자성어에 대한 단상〉(https://brunch.co.kr/@vagabondboy/26)을 참조하였다.

뒤흔든 해이다. 국민이 모두 하나로 뭉쳐 '필승 코리아'를 외
쳤던 한 해였다.

≫ 2003년 우왕좌왕(右往左往): 이리저리 왔다 갔다 하며 종잡지
못하거나 이랬다저랬다 갈팡질팡함을 일컫는다. 노무현 정부
가 출범하고 이라크 파병 찬반파동, 노무현 측근 비리, 부안
핵 폐기장 유치사건 등으로 중심을 잡지 못하는 현실을 표현
한 말이다.

≫ 2004년 당동벌이(黨同伐異): 옳고 그름을 가리지 않고 뜻이 맞
는 사람끼리는 한 패가 되고, 그렇지 않은 사람은 물리친다는
뜻이다. 사실의 정당성과 합리성이 부재한 상태에서 정파적
입장이나 이해관계에 급급해 상호 배척했던 시대상을 표현하
였다. 또 정치개혁 뿐만 아니라 경제난국, 북한문제 등 어느
하나도 제대로 해결하지 못했던 한 해이기도 했다.

≫ 2005년 상화하택(上火下澤): 위에는 불, 아래는 연못이란 뜻으로,
사물들이 서로 이반하고 분열하는 현상을 이른다. 원래『주역
(周易)』에 나오는 글귀이다. 이 해에도 2004년도의 연속선상으
로 정쟁은 계속되고, 비정규직 노동자 문제는 해결하지 못했
으며, 행정복합도시 건설을 둘러싼 논쟁과 갈등 및 지속적인
이념 논쟁의 해로 기억하고 있다.

≫ 2006년 밀운불우(密雲不雨): 하늘에 구름만 빽빽하고 비가 되어
내리지 못하는 상태를 뜻한다. 여건은 조성되어 있으나 성사
가 되지 않아 답답하고 불만이 폭발할 것 같은 상황을 비유한
것이다.『주역(周易)』에 나오는 말이다. 당시에 한국의 정치,

경제가 순탄하게 풀리지 않고 동북아 정세 또한 불안한 상태임을 암시적으로 표현한 한자성어이다.

≫ 2007년 자기기인(自欺欺人): 자신을 속이고 남을 속인다는 뜻으로, 자기 자신도 믿지 않는 말이나 행동으로 남까지 속이는 사람을 풍자한 말이다. 『주자어류(朱子語類)』에 등장하는 말이다. 이 해는 신정아 및 저명인사들의 학력 위조, 대학교수들의 논문 표절, 유명 정치인과 기업인들의 도덕적 불감증이 유독 심했던 해였다.

≫ 2008년 호질기의(護疾忌醫): 병이 있어도 치료받기를 꺼린다는 뜻이다. 당시 민주당과 한나라당이 서로 자신들이 원하는 것만 추구하고 국민의 겸허한 충고와 비판을 받아들이지 않는 세태를 표현한 것이다. 당시 이명박 정부 출범 이후 이어진 촛불시위, 금융위기를 간접적으로 내포하는 의미이다.

≫ 2009년 방기곡경(旁岐曲逕): 원뜻은 샛길과 굽은 길이다. 바른 길을 좇아서 정당하고 순탄하게 일을 하지 않고 그릇된 수단을 써서 억지로 한다는 것을 비유한 것이다. 이이 선생의 『동호문답(東湖問答)』에 나오는 글귀이다. 4대강 사업, 행정복합도시법 수정, 미디어법 처리 등이 국민의 동의 없이 독단으로 처리하는 과정이 많았음을 꼬집는 말이다.

≫ 2010년 장두노미(藏頭露尾): 진실을 공개하지 않고 숨기려 했지만 거짓의 실마리가 이미 드러나 보인다는 말이다. 중국의 왕엽이 지은 『도화녀(桃花女)』에 나오는 말로, 불평등한 한미 FTA 협상, 새해 예산안 날치기 통과, 불법 민간 사찰 등으로

진실을 숨기려는 세태를 비꼬는 표현이다.

≫ 2011년 엄이도종(掩耳盜鐘): 자기 귀를 막고 종을 훔친다는 뜻
으로, 자기가 나쁜 일을 하고도 잘못됐다는 생각은 하지 않고
타인의 비난은 듣기 싫어 귀를 막지만 소용이 없다는 말이다.
『여씨춘추(呂氏春秋)』 등을 비롯해 여러 고전에 등장하는 한자
성어이다. 여론을 무시한 채 정치인들이 독단으로 생각해 판
단하고 결정을 한 현실을 풍자했다.

≫ 2012년 거세개탁(擧世皆濁): 온 세상이 모두 혼탁함을 일컫는
다. 중국 초나라 굴원의 「어부사(漁父辭)」에 실린 말이다. 정치
인이고 지식인이고 할 것 없이 패거리 문화가 팽배하고 불신
과 갈등이 난무하는 세태를 꼬집은 표현이다.

≫ 2013년 도행역시(倒行逆施): 순서를 바꾸어 행하거나 도리에
맞지 않는 짓을 한다는 뜻이다. 중국의 『사기(史記)』에 등장하
는 말로, 박근혜 정부 출범 이후 퇴행적인 정책과 고답적 인사
관행을 풍자하는 표현이다.

≫ 2014년 지록위마(指鹿爲馬): 윗사람을 농락하여 권세를 마음대
로 함을 가리키는 말 또는 모순된 것을 우겨서 남을 속이려는
짓을 비유한 것이다. 중국의 『사기(史記)』에 등장한다. 세월호
참사 및 정윤회 국정 개입 등으로 온갖 거짓이 팽배하고 진실
이 호도되는 현실을 일컬었다.

≫ 2015년 혼용무도(昏庸無道): 세상이 어지럽고, 도리가 제대로
행해지지 않는다는 뜻이다. 『논어(論語)』의 천하무도에서 유래
한 말이다. 당시 메르스(중동호흡기증후군) 사태에 대한 안이

한 대처, 무능한 정치로 인한 국정 혼란을 꼬집는 표현이다.

» 2016년 군주민수(君舟民水): 〈순자〉의 '왕제(王制)'편에 나오는 말로, 백성은 물, 임금은 배이니 강물의 힘으로 배를 뜨게 하지만 강물이 화가 나면 배를 뒤집을 수도 있다는 뜻이다. 박근혜·최순실 게이트의 국정농단으로 들불처럼 타올랐던 촛불 집회를 염두에 두고 국민의 준엄한 심판을 일컫는 표현이다.

» 2017년 파사현정(破邪顯正): 사견(邪見)·사도(邪道)를 파괴해서 정법(正法)을 드러낸다는 뜻이다. 온 국민이 나라를 바로 세운다는 행위로 촛불 시위를 통해 적폐 청산을 이루고자 하는 마음을 담은 표현이다.

어느 해도 무사 무탈하게 넘어간 해가 없다. 애초 정치나 사회현상이 복잡다단하고 갈등 속에 성장을 이루기 때문인가 하는 생각이 든다. 약 20년 동안 긍정적 평가의 한자성어는 거의 없었다. 앞으로 우리에게 펼쳐질 세상은 그동안의 부정적 평가를 벗어 던지고, 발전적이며 밝은 의미의 '올해의 한자성어'가 지속하기를 간절히 기원해 본다.

02 대중가요 노랫말의 아름다운 고유어들

2011년 글누림 출판사에서 『은어와 우리말의 세계』를 출판했다. 그 책속에 〈20세기 후반 대중가요 노랫말의 오용실태〉를 실었다. 거기에서도 밝혔듯이 대중가요 노랫말의 힘이란 참으로 위대하다. 새로운 어휘를 전파해 주기도 하고 아름다운 고유어를 살려내기도 한다. 그렇다고 장점만 있는 것은 아니다. 작사가 한 사람의 실수로 수많은 대중이 잘못된 언어표현을 어떠한 장애도 없이 그저 수용할 수 있다. 특히 어떤 노래가 대단한 인기를 얻었을 때 그 파장은 상상도 못할 정도이다.

최근 K-Pop의 세계적 인기로 우리 가요에 대한 위상이 자못 대단하다. 이러한 세계적 조류 속에서 우리말 노랫말이 다시 한 번 세계 속에서 그 위용을 휘날릴 때가 바로 지금이다. 한글의 세계화에 발맞춰 노랫말에 대해 어느 때보다 더더욱 관심과 신경을 쓸 시기인 것이다.

여기에서는 반세기의 노랫말 속에서 아름다운 고유어가 얼마나 있나 생각해보는 시간을 갖고자 한다.

가장 먼저 생각나는 것이 구창모의 〈희나리〉이다. '희나리'란 '덜 마른 장작'을 일컫는 순우리말이다. 이 노래가 인구에 회자되면서 희나리라는 용어는 대중적인 언어로 자리매김을 했다.

이미자의 〈아씨〉라는 노래에는 '노을이 섧구나.'라는 표현이 있다. '섧다'란 '원통하고 억울하여 슬픈 느낌이 마음에 차 있다.'란 뜻의 형용사이다. '슬프다, 원통하다, 애통하다'와 비슷한 말이지만, '서럽다'라는 어휘까지 연상되면서 원통하고 슬픈 감정이 더더욱 드러나니, 참으로 서러움의 깊이까지 생각하는 우리말이 아닌가.

이상우의 〈슬픈 그림 같은 사랑〉에는 '모두가 아롱지는 사랑의 모습'이라는 구절이 있다. 또 정원이 부른 〈미워하지 않으리〉에도 '아롱진 그 님의 얼굴'의 구절도 있다. '아롱지다'는 '아롱아롱한 점이나 무늬가 생기다.'라는 뜻이다. 부드러운 유성음의 결합으로 사랑의 모습을 더 두드러지게 하는 어휘이다.

정미조가 부른 〈개여울〉이라는 노래는 김소월의 시 '개여울'을 노래로 부른 경우인데, '개여울'은 '개울의 여울목'을 일컫는다. 흔히 접하기 어려우면서, 향토성 깊은 어휘라 할 수 있다.

송창식의 〈푸르른 날〉도 서정주의 시를 노래로 부른 경우인데, 노랫말에 '저기저기 저 가을 꽃자리'란 구절이 있다. '꽃자리'는 '꽃이 달려 있다가 떨어진 자리'를 뜻하는 것으로 참 생경하지만 예쁜 말이다.

대중가요 노랫말 중 아름다운 우리말이 가장 많은 것은 아마 이동원의 〈향수〉가 아닐까 한다. 정지용의 시에 곡을 붙인 것으로, '지줄대다, 해설피, 고이시다, 풀섶, 함초롬, 성근' 등이 모두 생소한 표현이다. 이들 어휘 중 '지줄대다, 해설피, 고이시다, 성근' 등은 아직 국립국어원의 〈표준국어대사전〉에 등재되지는 않았지만, 문맥 상 '지줄대다(거침없으면서도 다정하고 나긋나긋한 소리를 내는), 해설피(소리가 느릿하고 유장한), 고이시다(평화롭고 포근한), 성근 (섞여 엉클어진)'의 뜻으로 보인다. '풀섶'은 '풀숲'의 방언, '함초롬' 은 '젖거나 서려 있는 모습이 가지런하고 차분한 모양'을 뜻한다.

강석연이 부른 〈강남달〉에는 '적막한 가람가에 물새가 우네'라는 구절이 있다. '가람'은 '강(江)'의 고어로, 현재 사전에 등재되지는 않았지만, 살려서 쓸 만한 우리 고유어이다.

진방남의 〈꽃마차〉에는 '꿈꾸는 서울, 알금삼삼 아가씨들'이라는 구절이 있는데, '알금삼삼'은 '잘고 얕게 얽은 자국이 드문드문 있는 모양'을 뜻하는 부사이다. 어감이 부드러워 일상 생활에 적절히 사용하면 우리말의 묘미를 느낄 만한 고유어라 할 수 있다.

이 외에 아름다운 우리말이 사용된 경우가 있는데, 이를 가수명, 노래명, 고유어, 뜻의 순으로 제시하면 다음과 같다.

- 백난아, 〈망향초 사랑〉, 굽도리, 방 안 벽의 밑부분
- 백년설, 〈번지없는 주막〉, 태질하다, 세게 메어치거나 내던지다.
- 남인수, 〈고향의 그림자〉, 수박등, 대쪽이나 나무쪽으로 얽어 수박 모양의 입체형을 만들고 종이를 발라 속에 초를 켜게 한 등
- 최무룡, 〈꿈은 사라지고〉, 일다, 없던 현상이 생기다.

- 남인수, 〈무너진 사랑탑〉, 야멸차다, 태도가 차고 야무지다.
- 황금실, 〈삼다도 소식〉, 비바리, 바다에서 해산물을 채취하는 일을 하는 처녀.
- 방태원, 〈인생은 나그네〉, 오지랖, 웃옷이나 윗도리에 입는 겉옷의 앞자락
- 최정자, 〈처녀 농군〉, 꼴망태, 소나 말이 먹을 꼴을 베어 담는 도구
- 조영남, 〈옛 생각〉, 꽃댕기, 색깔이 있는 띠를 꽃 모양으로 접어서 머리에 꽂는 치렛감
- 박인희, 〈하얀 조가비〉, 조가비, 조개의 껍데기
- 홍세민, 〈흙에 살리라〉, 내음, 코로 맡을 수 있는 나쁘지 않거나 향기로운 기운
- 나훈아, 〈갈무리〉, 갈무리, 일을 처리하여 마무리함
- 김수희, 〈멍에〉, 멍에, 쉽게 벗어날 수 없는 구속이나 억압을 비유적으로 이르는 말
- 배호, 〈배신자〉, 더벅머리, 더부룩하게 난 머리털
- 김국환, 〈타타타〉, 수지맞다, 뜻하지 않게 좋은 일이 생기다.
- 이선희, 〈인연〉, 빗장, 문을 닫고 가로질러 잠그는 막대기

노랫말 중 아름다운 고유어를 찾는 과정 속에서 의외로 그 수가 많지 않음을 느꼈다. 위의 노래들은 일제 강점기부터 2006년까지 있었던 800여 곡을 대상으로 삼아 알아본 것이다. 아름다운 고유어를 노랫말에 사용한 경우가 고작 3%가량이다.

이제 우리도 노랫말에 대해 관심과 사랑을 아끼지 말아야겠다. 노랫말처럼 아름다운 우리말을 널리 그리고 쉽게 퍼트릴 수 있는 것이 없다. 이를 위해 아름다운 우리말의 전도사로서 작사가들이 한 번 더 신경써서 활동할 수 있는 그날을 기대한다.

03 자동차 이름은 어떤 뜻을 지닐까

자동차가 생활필수품으로 자리매김한 지 오래다. 요즘 젊은 세대들은 '집은 없어도 차는 고급으로 타고 다닌다.'는 인식이 팽배하기도 하다. 그만큼 자동차가 우리 삶에 깊숙이 들어왔다는 반증이 아닐까 한다. 이러한 자동차는 과연 어떤 식으로 이름을 붙이고, 어떤 언어를 많이 사용했으며 어떤 의미를 지니는 것이 많을까가 궁금하지 않을 수 없다.

우리나라 자동차는 1967년 현대자동차 '포니'를 시작으로 그 이름이 명명2)되기 시작되었다. 자동차 이름을 간단하게 알아보자.

- 포니(PONY): 영어로, '예쁘고 귀여운 작은 말'의 의미
- 그랜저(GRANGEUR): 영어로, '위대함, 고상함'의 의미
- 쏘나타(SONATA): 영어로, 고도의 연주기술이 필요한 4악장의 피아노 독주곡. 혁신적인 성능, 기술, 가격을 지닌 종합예술 승용차의 의미

---

2) '남양주 이모저모'라는 블로그(http://blog.naver.com)의 내용을 많이 참조하였다.

- 아반테(AVANTE): 스페인 어로 '앞으로 나아간다.'라는 의미
- 싼타페(SANTAFE): 미국 뉴멕시코의 휴양도시 이름으로, 일상에서 벗어나 여유와 자유를 추구한다는 의미
- 스타렉스(STAREX): 영어로, 'Star(별)+Rex(왕)'의 합성어. '별 중의 별'이라는 의미
- 라비타(LAVITA): 이탈리아 어 'LA VITA'로 '풍요로운 삶'의 의미
- 에쿠스(EQUUS): 라틴어로 '개선장군의 말, 멋진 마차'의 의미
- 투스카니(TUSCANI): 이탈리아 중부 휴양도시로 고대 로마문명 이전의 문명 발상지.
- 투싼(TOCSON): 미국 애리조나 주의 도시 이름
- 베라크루즈(VERACRUZ): 스페인 어로, 멕시코 동부에 위치한 해안 휴양지
- i30/i40: '나는 30/40이다'의 의미
- 액센트(ACCENT): 영어의 '악센트, 삶의 활력'이라는 뜻
- 트라제(TRAJET): 프랑스 어로 '여행'의 의미
- 테라칸(TERRACAN): 라틴어 'TERRA(대지)+KHAN(황제)'의 합성어로 '대지를 지배하는 제왕'의 의미
- 베르나(Verna): 이탈리아 어로 '청춘, 열정'의 의미
- 갤로퍼(GALLOPER): 영어로 '전속력으로 질주하는 말'의 의미
- 아슬란(ASLAN): 터키 어로 '사자'의 의미. 영국의 작가 C.S. 루이스가 쓴 책 〈나니아연대기〉에 나오는 사자의 이름.
- 클릭(Click): 컴퓨터 세대에 친숙한 느낌을 주기 위해 지어진 이름으로 '마우스를 누른다, 성공하다, 잘되다, 사랑하는 사이가 되다.'라는 의미.
- 그레이스(GRACE): 영어로 '우아하고 품위 있음'의 의미
- 다이너스티(DYNASTY): 영어로 '왕조'의 의미
- 산타모(SANTAMO): Safety and talented motor의 약자로, '안전하고 다양한 기능을 가졌음'을 의미

- 티뷰론(Tiburon): 스페인 어로 '상어'의 의미
- 아토스(ATOZ): A에서 Z까지. 모든 것이라는 의미
- 엘란트라(Elantra): 프랑스 어로 열정이라는 ELAN과 TRA (Transportation, 수송)의 합성어
- K3, K5, K7, K9: K는 'Kia'와 'Korea'의 이중적 의미
- 카니발(Carnival): 라틴 어로 '행사, 축제'의 의미
- 스포티지(Sportage): 영어로, 'Sports(레저)+Portage(운반)'의 합성어
- 모닝(MORNING): 영어로 '여명, 출발, 시작'의 의미
- 오피러스(OPIRUS): 라틴어로 '보석의 땅, 금의 땅(Ophir Rus)'의 의미
- 프라이드(PRIDE): 영어로 '긍지, 자부심'의 의미
- 카렌스(CARENS): 영어로, 'CAR(자동차)+ RENAISSANCE(부흥)'의 합성어
- 쏘울(SOUL): 영어로 '영혼'의 의미
- 옵티마(OPTIMA): 영어로 '최상, 최적'의 의미
- 봉고(BONGO): 영어로 '아프리카산 산양'의 의미
- 스펙트라(SPECTRA): 영어로 '빛의 근원, 근본'의 의미
- 비스토(VISTO): 스페인 어로 '경쾌하게, 빠르게'라는 의미
- 리오(RIO): 스페인 어로 '즐거운 힘이 넘치는 역동적인'의 의미
- 엘란(ELAN): 프랑스 어로 '열정, 활기, 돌격'의 의미
- 타우너(TOWNER): 영어로 '도시 사람'이란 의미
- 콩코드(CONCORD): 영어로 '조화, 화합, 일치'의 의미
- 포텐샤(POTENTIA): 영어로 '힘센, 강력한, 유력한, 잠재적인'의 의미
- 크루저(CRUIRSER): 영어로 '순양함'의 의미
- 슈마(SHUMA): 라틴 어로 '최고, 가장 중요한 것'이라는 SUMMA의 조어
- 라이노(RHINO): 영어로 '코뿔소'의 의미

- 엔터프라이즈(ENTERPRISE): 영어로 '진취, 모험, 기업가 정신'의 의미
- 카스타(CARSTAR): 영어 'CAR+STAR'의 합성어. 자동차 가운데 '으뜸'이라는 의미
- 아벨라(AVELLA): 라틴어로 'AVELO(갖고 싶은)+ILLA(그것)'의 합성어
- 크레도스(CREDOS): 라틴어로 '믿다, 확신하다'의 의미
- 세피아(SEPHIA): Style Economy Power Hi-tech Ideal Auto (스타일, 경제성, 힘, 최첨단을 가진 이상적인 차)의 합성어
- 세레스(CERES): 그리스 어로, 그리스 신화에 등장하는 '땅, 농사, 풍요의 여신'의 의미
- 베스타(BESTA): 영어 'BEST+ACE'의 합성어
- 복사(BOXER): 영어로 '권투선수처럼 힘차고 강인한 트럭임'의 의미.
- 라세티(LACETTI): 라틴 어 'LACERTUS'에서 온 말로, '힘 있는, 성능 좋은, 젊음 넘치는'의 의미
- 티코(TICO): 'TINY + TIGHT + CONVENIENT + COZY'의 합성어로, '작지만 단단하면서 편리하고 아늑한 경제적인 차'의 의미
- 칼로스(KALOS): 그리스 어로, '아름다운'의 의미
- 다마스(DAMAS): 스페인 어 '좋은 친구들'의 의미
- 라보(LABO): 영어 'LABOR'에서 온 말로, '일하다'의 의미
- 마티즈(MATIZ): 스페인 어로 '깜찍하고 빈틈이 없으면서 단단한'의 의미
- 르망(LEMANS): 프랑스 어로 프랑스 서북부 도시 이름이며 자동차 경주대회 이름에서 유래
- 씨에로(CIELO): 스페인 어 '하늘'의 의미
- 에스페로(ESPERO): 스페인 어 '희망, 기대'의 의미
- 라노스(LANOS): 'LAETUS(즐거움) + NOS(우리)'를 합성한

라틴어

- 누비라(NUBIRA): 한국어 '누비다'에서 유래
- 레간자(LEGANZA): 이탈리아 어 'ELEGANCE(우아함)+FORZA(파워)'의 합성어
- 프린스(PRINCE): 영어로 '왕자'의 의미
- 브러엄(BROUGHAM): 영어로 '중세 유럽 귀족이 타던 유개마차'의 의미
- 아카디아(ARCADIA): 고대 그리스 어 '경치 좋은 이상향'의 의미
- 매그너스(MAGNUS): 라틴 어로 '감출 수 없는 자신감'의 의미
- 레조(REZZO): 이탈리아 어 '산들바람'의 의미
- 렉스턴(REXTON): 왕가, 국왕을 의미하는 라틴 어 'REX'와 품격, 기풍을 뜻하는 영어 'Tone'의 합성어로 '왕가의 품격'을 상징
- 무쏘(MUSSO): 한국어로 '코뿔소'의 또 다른 순 우리말
- 코란도(KORANDO): 영어, 'KOREAN CAN DO'의 줄임말
- 체어맨(CHAIRMAN): 영어로 '의장, 회장, 사장'의 의미
- 이스타나(ISTANA): 말레이 어로 '궁전'의 의미

이를 도표화하여 정리하면 다음과 같다.

순	자동차 이름	해당 언어	의미 형태	의미	합성 유무
1	이스타나	말레이 어	고품격	궁전	×
2	체어맨	영어	고품격	의장	×
3	코란도	영어	마음가짐	가능성	×
4	무쏘	한국어	동물	코뿔소	×
5	렉스턴	라틴어+영어	고품격	왕가	×
6	레조	이탈리아 어	자연	산들바람	×
7	매그너스	라틴어	마음가짐	자신감	×
8	아카디아	그리스 어	자연	이상향	×

순	자동차 이름	해당 언어	의미 형태	의미	합성 유무
9	브러엄	영어	물질문명	유개마차	×
10	프린스	영어	고품격	왕자	×
11	레간자	이탈리아 어	고품격	우아+파워	O
12	누비라	한국어	마음가짐	누비다	×
13	라노스	라틴어	마음가짐	즐거운 우리	O
14	에스페로	스페인 어	마음가짐	희망	×
15	씨에로	스페인 어	자연	하늘	×
16	르망	프랑스 어	지명	도시 이름	×
17	마티즈	스페인 어	행동거지	단단한	×
18	라보	영어	행동거지	일하다	×
19	다마스	스페인 어	관계	좋은 친구	×
20	칼로스	그리스 어	행동거지	아름다운	×
21	티코	영어	행동거지	작고 경제적	O
22	라세티	라틴어	행동거지	힘 있는	×
23	복사	영어	행동거지	강인한	×
24	베스타	영어	고품격	최고	O
25	세레스	그리스 어	고대 신화	여신	×
26	세피아	영어	행동거지	경제적인	O
27	크레도스	라틴어	마음가짐	믿다	×
28	아벨라	라틴어	물질문명	갖고 싶은 것	O
29	카스타	영어	고품격	차의 최고	O
30	엔터프라이즈	영어	마음가짐	진취	×
31	라이노	영어	동물	코뿔소	×
32	슈마	라틴어	고품격	최고	×
33	크루져	영어	행동거지	순항	×
34	포텐샤	영어	행동거지	힘센	×
35	콩코드	영어	마음가짐	조화	×

순	자동차 이름	해당 언어	의미 형태	의미	합성 유무
36	타우너	영어	행동거지	도시 사람	×
37	엘란	프랑스 어	마음가짐	열정	×
38	리오	스페인 어	행동거지	역동적인	×
39	비스토	스페인 어	행동거지	경쾌하게	×
40	스펙트라	영어	자연	빛의 근원	×
41	봉고	영어	동물	산양	×
42	옵티마	영어	고품격	최적의	×
43	쏘울	영어	마음가짐	영혼	×
44	카렌스	영어	마음가짐	차 부흥	○
45	프라이드	영어	마음가짐	긍지	×
46	오피러스	라틴어	고품격	보석의 땅	×
47	모닝	영어	마음가짐	출발	×
48	스포티지	영어	마음가짐	레저 운반	○
49	카니발	라틴어	행동거지	행사, 축제	×
50	K3, K5, K7	영어	지명	한국	×
51	엘란트라	프랑스 어	마음가짐	열정	○
52	아토스	영어	마음가짐	모든 것	×
53	티뷰론	스페인 어	동물	상어	×
54	산타모	영어	행동거지	안전, 다양한	×
55	다이너스티	영어	고품격	왕조	×
56	그레이스	영어	고품격	우아	×
57	클릭	영어	행동거지	클릭하다	×
58	아슬란	터키 어	동물	사자	×
59	갤로퍼	영어	동물	전속력 말	×
60	베르나	이탈리아 어	마음가짐	열정	×
61	테라칸	라틴어	고품격	제왕	○
62	트라제	프랑스 어	행동거지	여행	×

순	자동차 이름	해당 언어	의미 형태	의미	합성 유무
63	엑센트	영어	마음가짐	삶의 활력	×
64	i30/i40	영어	마음가짐	나이	×
65	베라크루즈	스페인 어	지명	도시 이름	×
66	투싼	영어	지명	도시 이름	×
67	투스카니	이탈리아 어	지명	도시 이름	×
68	에쿠스	라틴어	물질문명	멋진 마차	×
69	라비타	이탈리아 어	마음가짐	풍요로운 삶	×
70	스타렉스	영어	자연	별 중의 별	○
71	싼타페	영어	지명	도시 이름	×
72	아반테	스페인 어	행동거지	나아가다	×
73	쏘나타	영어	마음가짐	혁신적인	×
74	그랜저	영어	고품격	위대함	×
75	포니	영어	동물	귀여운 말	×

위의 표를 분석해 보면 다음과 같은 결론을 낼 수 있다. 먼저 자동차 이름을 의미별로 구별해 보면, '마음가짐'을 표현하는 이름들이 28%로 가장 많았다. 코란도, 누비라, 크레도스 등이 대표적이다. 다음으로 많았던 것은 '티코, 세피아, 타우너' 등처럼 '행동거지'를 표현하는 의미의 이름들이다. 세 번째로 많은 이름들은 '이스타나, 오피러스, 다이너스티' 등처럼 '고품격'을 나타내는 이름들이 18.7%를 차지하였다. 이상 세 가지 부류의 자동차 이름들을 합하면 모두 52개로, 69.3%를 차지한다.

다음으로는 동물(9.3%), 지명(8%), 자연(6.7%), 물질문명(4%), '관계'나 '고대 신화' 등의 기타(2.7%) 순이었다.

이번에는 언어별로 분석해 보자. 역시나 가장 우세한 언어는 '영어'로 무려 과반수인 52%이다. 그 다음으로 많은 것이 라틴 어이다. 13.3%이다. 1위와의 격차가 아주 많이 나는 편이다. 영어와 라틴 어가 중심이라는 것은 우리의 사고방식에 서양 문화의 주류를 관장하는 주요 언어 '영어'와 서양어의 전통적인 뿌리인 라틴 어를 근간으로 했다는 것이다.

다음으로 많은 언어는 열정의 언어, 스페인 어로 12%에 해당되었다. 그 다음으로는 이탈리아 어(6.7%), 프랑스 어(5.3%), 그리스 어(4%) 순이다. 우리 한국어는 애석하게도 겨우 2.7%에 해당된다. '누비라, 무쏘'만 있을 뿐이다. 이 외에도 말레이 어, 터키 어, 라틴어와 영어의 합성어 등이 각각 하나씩 있었다.

마지막으로 조어론(造語論)상으로 보면 합성어가 얼마나 차지할까? 총 75개 중 12개로 16%를 차지하였다.

04 우리말에 수 읽는 법이 있다

우리말의 숫자를 읽는 법이 따로 있다. 이에 대한 대표적인 경우로 시각을 읽는 법이 있다. '3시 3분'을 읽을 때, 우리는 꼭 '세시 삼분'이라고 읽는다. 이를 '세시 세분'이나 '삼시 삼분'으로 읽지는 않는다. 왜 그렇게 읽느냐고 묻는다면 달리 정답은 없다. 그냥 우리 조상들이 예부터 시 앞의 숫자는 고유어 숫자로 말하고, 분 앞의 숫자는 한자어 수사로 말하는 전통(관습)에서 유래한 것이다. 즉, 관용적 표현인 것이다.

그러면 과연 우리는 숫자를 말할 때 어떤 방법을 사용할까?[3]

'30일, 20개월'을 한자어 수사 '삼십 일, 이십 개월'로 읽지, '서른 일, 스무 개월'로는 읽지 않는다. 그런데 단위를 나타내는 의존명사 '명, 개' 등이 올 경우에는 좀 다르다. 한자어 수사로도 읽지만, 고유어

---

3) 국립국어원에서 2010년 편찬한 『외국인을 위한 한국어 문법1-체계 편』의 내용을 참조하였다.

수사로도 읽는다. '12명, 20개'를 읽을 때, '십이 명, 이십 개'로도 읽지만, '열두 명, 스무 개'로 읽기도 한다.

숫자 중 만 단위 이상인 경우에는 꼭 네 자리를 단위로 끊어 읽는다. 띄어쓰기도 이에 준하여 표현한다. 즉, '123,456,789원'을 읽는다면, '일억 이천삼백사십오만 육천칠백팔십구원'으로 읽는다.

소수점 이하의 숫자나 분수의 경우는 한자어 수사로만 읽는다. 4.75를 '사 점 칠오'로, '3/5'을 '오분의 삼'으로 읽어야 한다. 전화번호를 읽을 때는 한자어 수사로만 읽으며, '0'의 경우는 '영'과 '공' 두 가지 형태로 읽는다. 그러나 '0.4'의 경우처럼 소수점을 읽을 때는 '0'을 '영'으로만 읽는다.

날수를 읽을 때는 '1일, 2일, 3일, … 19일' 등을 한자어 수사 '일일, 이일, 삼일, …십구일'처럼 읽기도 하지만, '하루, 이틀, 사흘, … 열아흐레'처럼 한 단어로 읽을 수도 있다.

'번, 층, 동'과 같은 경우에는 고유어 수사와 함께 쓰이면 횟수나 개수를 나타내고, 한자어 수사와 함께 쓰이면 정해진 순번을 나타낸다. 예를 들어, '앞차기를 다섯 번만 해라, 단번에 네 층을 뛰어 올라갔다, 우리 아파트는 모두 세 동으로 이루어졌다.'의 경우에는 횟수나 개수를 나타내지만, '내가 일번이다, 우리집은 사층이다, 철수네 집은 삼동 백이호다.'처럼 순번을 나타낼 때는 한자어 수사로 읽는다.

그러고 보니, 우리나라 사람들, 참으로 현명하고 복잡하게 수를 표현했다. 그러면서도 우리 스스로는 이렇게 복잡하고 어떤 원칙을 지닌 줄 이제야 알 것이다. 문법이라는 규칙이 자연스레 생활과 문

화 속에서 터득하고 체득해서 실생활에 사용하기 때문에 우리도 모
르는 사이에 그 어려운 규칙을 적용해 사용하고 있는 것이다.

05 연산군의 한글 탄압[4]

한글은 1446년 음력 9월 '훈민정음'이라는 이름으로 반포되면서 '백성을 일깨우는 바른 소리'라는 의미로 시작되었지만, 당시 한자를 쓰던 양반들은 이를 언문(諺文)이라고 불렀다. 이때 언문이란 한글을 얕잡아 표현한 것으로, '상말'이라는 뜻이다. 이러한 한글이 조선 중기에 들어서면서 여성과 스님들에게도 인기를 끌자, 여인네의 글이라는 뜻인 '암클'과 중들의 글이라는 '중글'이라고까지 불리기도 하였다.

따라서 지금의 한글이 과거 창제된 후 얼마동안은 상당한 시련과 무시를 당했음을 알 수 있다. 과거 시련과 무시 속에는 왕이 직접 나서서 탄압한 경우도 있는데, 바로 '연산군'이 그 왕이다. 연산군은 재임 기간에 '한글 금지령'이라 하여 문자사용 금지령을 내리는데, 그 자세한 내막에 대해 부경대 사학과 신명호 교수는 다음과 같이 밝혔다.

---

4) 이 글은 부경대 사학과 교수이신 신명호 님이 『월간 중앙』(2015년 10월)에 기고한 글을 참고하였다.

연산군이 한글 금지령을 내리게 된 직접적인 계기는 동왕(同王) 10년(1504) 7월 10일에 있었던 투서였다. 이날 새벽 왕의 처남인 신수영의 집에 어떤 사람이 찾아왔다. 그는 제용감에서 일하는 이규가 보내서 왔다며 서찰을 전하고 사라졌다. 신수영이 펴보니 그 안에는 언문, 즉 한글로 된 세 장의 익명서가 있었다.

조선시대 익명서는 내용에 관계없이 폐기처분하는 것이 관행이었다. 이름을 숨긴 작자의 흉계에 말려들지 않기 위해서였다. 하지만 신수영은 너무 심각한 내용이라 판단하고 연산군에게 보고했다. 익명서를 본 연산군 역시 크게 놀랐다. 왕은 즉시 명령을 내려 이규에게

"네가 무슨 글을 신수영의 집에 통하였느냐"

라고 묻게 했다. 이규는 그런 일이 없다고 했다. 결국 누군가가 이규를 빙자해 투서한 것이 분명했다. 그렇다면 폐기처분하고 무시하는 것이 최선의 해결책이었다. 하지만 연산군은 일을 크게 벌였다.

먼저 왕은 명령을 내려 도성의 각 문을 닫고, 출입을 금하게 하고는 한글 익명서를 신하들에게 내렸다. 반드시 주모자를 잡아내기 위해서였다. 신하들이 받아본 익명서 3장은 모두 언문, 즉 한글로 쓰였는데 사람 이름만 한자였다.

익명서의 첫 표면에는 무명장(無名狀)이라 적혀 있었다. 익명서 3장의 각 내용이 실록에 수록돼 있는데 핵심은 개금·덕금·고온지·조방 등 의녀들이 연산군에 대해 대역무도한 말을 했으니 엄벌해야 한다는 것이었다. 예컨대 첫째 장의 내용은 다음과 같았다.

"개금(介今)·덕금(德今)·고온지(古溫知) 등이 함께 모여서 술을 마실 때, 개금이 말하기를 '옛 임금은 난시(亂時)일지라도 이토록 사람을 죽이지는 않았는데 지금 우리 임금은 어떤 임금이기에 신하를 파리 머리 끊듯 죽이는가? 아아! 어느 때나 이를 분별할까?' 했고, 덕금은 말하기를 '주상이 이와 같다면 반드시 오래 가지 못할 것이니, 여기에

무슨 의심이 있으랴?' 했다. 이 외에도 그들의 말이 몹시 심했으나 이루 다 기억할 수는 없다. 이런 계집을 일찍이 징계해 바로잡지 않았으므로 가는 곳마다 이렇게 말하는 것이다. 만약 이 글을 던져 버리는 자가 있으면 내가 '개금을 감싸려 한다.'고 상언(上言)하리니 반드시 화를 입으리라."[〈연산군일기〉 권 54 10년(1504) 7월 19일]

둘째 장의 내용은

"옛 임금은 의리에 어긋나는 일을 하지 않았는데 지금 임금은 여색에 대해 분별하는 바가 없어, 이제 또한 여기(女妓), 의녀, 현수(絃首, 여자 무당)들을 모두 다 조사해 궁중에 들이려 하니 우리도 들어가게 되지 않을까?"이었다.

셋째 장은 이런 상황이 벌어진 이유가 폐비 윤씨의 생모인 신씨 때문이니 신씨의 친족을 몰살시키고 싶다는 내용이었다. 요컨대 한글 익명서는 연산군의 갑자사화와 황음무도에 대한 비판이었다.
-(중략)-
훈민정음 반포 이후, 글을 읽고 쓰게 된 백성들은 한글을 이용해 자신들의 뜻을 적극적으로 표현하기 시작했다. 특히 궁중 여성들이 한글을 이용해 자신들의 뜻을 표시하는 일이 많았다. 예컨대 궁녀가 왕의 실정이나 궁중 안의 비행을 폭로하는 한글 익명서를 투서하거나, 왕비나 대비 등이 정치현실에 개입하는 한글 명령서를 반포하는 경우가 적지 않았다. 대표적으로 연산군의 생모인 폐비 윤씨를 사사(賜死)할 때 정희대비와 인수대비는 한글 명령서를 이용했다. 이는 한글이 유행하면서 궁중여성과 일반 백성들 사이에 정치의식이 고양됐음을 알려준다.
-(중략)-
갑자사화 이후 연산군은 더욱 황음무도에 빠져들었다. 왕은 기생은 물론 의녀, 여자 무당 등을 색출해 궁에 들였다. 이런 와중에 의녀인 개금과 덕금 등도 뽑혀 들어갈까 두려워하며 연산군을 비판했고 그것이 연산군 10년(1504) 7월 19일의 익명서 투서로 연결됐던 것이다.

연산군은 개금·덕금 등을 체포하는 한편 익명서를 투서한 범인도 꼭 색출해내려 했다. 그러기 위해 막대한 재물과 고위관직을 현상금으로 내걸었다. 여기에서 나아가 서울 시민들 중 한글을 아는 사람들을 모두 소집해 한글을 쓰게 한 후 익명서 필적과 대조하기도 했다.

그래도 범인이 드러나지 않자 조선팔도에서 한글을 아는 사람들을 모두 조사해 한글 필적을 써 올리게 했다. 이와 함께 '언문은 가르치지도 배우지도 말고, 배운 자는 쓰지 못하게 하라. 언문을 아는 사람을 모두 조사해 보고하고, 만약 고하지 않는 경우 이웃 사람까지 처벌하라'는 한글 금지령을 공포하기에 이르렀다.

이 금지령 이후 한글을 쓰다 잡히면 참형을 당하고, 다른 사람이 한글을 쓴 것을 알고도 고발하지 않으면 곤장 100대의 엄벌을 받았다. 또 한글 편지나 한글 서책을 소지하다가 적발돼도 엄중한 조사를 받아야 했다. 이에 따라 한글은 공식적으로 사라졌고, 한글을 이용한 백성의 비판도 표면적으로 봐서는 사라져버렸다.

한 사람의 그릇된 생각으로 말미암아 국자(國字)인 한글이 잠시 동안 사라졌던 그 시기는 참으로 우리 민족사에 오명을 얹어주는 나날들이다. 권력자의 탐욕과 불통(不通)으로 자행된 일이 자칫 나랏말의 존폐까지 위협할 큰 시련을 주었으니, 연산군이 폭군으로 매도당하는 것이 어쩌면 당연한 귀결이 아닐까 한다.

다행스럽게도 1506년 이복동생 진성대군이 중종으로 즉위하면서 이러한 한글 탄압은 끝을 맞이했고, 『속삼강행실도』(중종 9년), 『이륜행실도』(중종13년) 등의 한글 책을 다시 펴내게 되었다. 이때서야 비로소 한글이 재생의 기회를 잡았고 꽃을 피우기 시작했던 것이다.

06 반대 상황에서 쓰이는 같은 말

우리말 중에는 반대의 상황임에도 불구하고 쓰이는 단어가 같은 경우가 있다. 참 특이한 현상 중의 하나인데, 그러한 단어는 바로 '에누리'와 '말씀'이다.

'에누리'의 경우를 보자.

"이 가격은 에누리가 없는 정가(定價)입니다."

위의 경우, '에누리'는 물건 값을 받을 값보다 더 많이 부르는 가격을 일컫는다. 그러나 다음의 예문을 보자.

"만 이 천원이라 붙어 있는데, 만 원에 주쇼! 에누리 없는 장사가 어디 있겠소."

이 경우의 '에누리'는 값을 깎는 일을 일컫기도 한다.

"그의 말에는 에누리가 섞여 있다."

이 경우는 또 다른 의미로 쓰였다. 이때는 '실제보다 더 보태서 말하는 일'을 이야기한다. 그런데 다음의 문장을 또 보자.

"그녀는 자신의 과거를 에누리하지 않고 솔직히 말했다."

이 경우는 '더하거나 빼다'의 복합적인 의미를 지니기도 한다. 에누리란 말은 참으로 상황이나 문맥 속에서 여러 가지 의미로 실현됨을 알 수 있다.

'말씀'의 경우를 알아보자. '말씀'의 경우는 남의 말을 높여 이르는 말에도 쓰이지만, 자기의 말을 낮추어 이르는 말에도 쓰인다. 결국은 상대방을 높인다는 상대성은 같지만, 말의 존대 여부가 전자는 높임, 후자는 낮춤을 표시하니 서로 반대인 경우이다.

"제가 한 말씀 드리겠습니다."

이 경우는 자기의 말을 낮추어 이르는 경우이다. 그러나 다음 문장을 보자.

"선생님의 말씀을 따르겠습니다."

이 경우는 선생님이라는 높임의 대상에서 비롯한 말을 올려서 표현하기 위한 것이다. 그러니, 결국 다음과 같은 표현이 가능하기도 하다. 앞말은 낮춤이되, 뒷말은 높임인 것이다.

"제 말씀은 못 믿으셔도 아버님의 말씀은 꼭 따르세요."

따라서 '에누리'나 '말씀'이나 사용할 때 각별히 신경을 써서 표현해야 한다. 이것을 자칫 잘못 사용해 상호 오해를 불러 일으키지 않는 것이 상책일 것이다. 무턱대고 한 의미만 생각해서 썼다가는 큰 낭패도 볼 수 있기 때문이다.

07 세계 국가명과 지명의 가차표기

한자가 만들어진 원리는 여섯 가지 방법에 따른다. 천지간의 물형을 그대로 그려내 글자로 삼는 '상형(象形)', 실물을 그대로 그려낼 수 없는 추상적인 개념을 표현하는 '지사(指事)', 이미 이루어진 두세 글자의 뜻을 모아 또 다른 한 뜻을 나타내는 '회의(會意)', 한 글자를 이루는 구성요소의 한쪽은 의미, 나머지 한쪽은 음성을 지시하는 '형성(形聲)', 어떤 글자의 뜻을 그 글자와 같은 부류 안에서 딴 뜻으로 바꾸는 일 또는 음이 바뀌기도 하는 '전주(轉注)', 뜻은 다르나 음이 같은 다른 글자를 빌려 쓰는 법을 '가차(假借)'라 한다.

그중에서 이 글은 세계 국가명과 지명의 가차 부분에 대해 기술하고자 한다. 먼저 우리의 〈외래어 표기법〉 제4장 인명, 지명 표기의 원칙을 보자.

제1절 표기 원칙
제1항 외국의 인명, 지명의 표기는 제1장, 제2장, 제3장의 규정을 따르는 것을 원칙으로 한다.
제2항 제3장에 포함되어 있지 않은 언어권의 인명, 지명은 원지

음을 따르는 것을 원칙으로 한다. 예) Ankara 앙카라 /
Gandhi 간디
제3항 원지음이 아닌 제3국의 발음으로 통용되고 있는 것은 관
용을 따른다.
예) Hague 헤이그 / Caesar 시저
제4항 고유 명사의 번역명이 통용되는 경우 관용을 따른다.
예) Pacific Ocean 태평양 / Black Sea 흑해

제2절 동양의 인명, 지명 표기

제2항 중국의 역사 지명으로서 현재 쓰이지 않는 것은 우리 한
자음대로 하고, 현재 지명과 동일한 것은 중국어 표기법
에 따라 표기하되, 필요한 경우 한자를 병기한다.
제4항 중국 및 일본의 지명 가운데 한국 한자음으로 읽는 관용
이 있는 것은 이를 허용한다.

위의 내용에 따라 국가명이나 지명의 경우 관용을 인정하는 경우가
있다. 이와 관련된 것이 세계 국가명과 지명에 대한 가차 표기이다.

이에 따라 우리의 일상생활에서 가차 표기를 하는 세계의 국가명
과 지명은 다음과 같다.

1) 아세아(亞細亞): 아시아
2) 북미(北美): 북아메리카
3) 남미(南美): 남아메리카
4) 구라파(歐羅巴): 유럽
5) 호주(濠洲): 오스트레일리아
6) 나성(羅城): 로스앤젤레스

7) 독일(獨逸): 도이칠란트

8) 몽고(蒙古): 몽골

9) 미국(美國): 아메리카합중국

10) 불란서(佛蘭西): 프랑스

11) 서반아(西班牙): 스페인

12) 아라사(俄羅斯): 러시아

13) 이태리(伊太利): 이탈리아

14) 인도지나(印度支那): 인도차이나

15) 인도(印度): 인디아

16) 영국(英國): 잉글랜드

17) 월남(越南): 베트남

18) 토이기(土耳其): 터키

19) 태국(泰國): 타이랜드

20) 파리(巴里): 파리

21) 파란(波瀾): 폴란드

22) 화란(和蘭): 네덜란드

23) 희랍(希臘): 그리스

24) 향항(香港): 홍콩

25) 대만(臺灣): 타이완

26) 백림(伯林): 베를린

27) 성항(星港): 싱가포르

28) 포도아(葡萄牙): 포르투갈

29) 인니(印尼): 인도네시아

이 외에도 많은 가차 표현이 있으나, 그나마 사용빈도수가 있는 것들을 가려서 뽑은 것이다. 위 표현 중 '북미, 남미, 구라파, 불란서, 월남, 호주, 미국, 영국, 대만, 인도, 태국, 희랍, 이태리, 몽고, 독일' 등은 원지음보다 더 일반화된 경우이다. 따라서 관용적 표현으로 대중화한 경우이다.

우선할 원칙이 원지음대로 읽는 것이지만, 그동안 시대가 흘러오면서 원지음보다 관용적으로 표현한 가차 표현이 더 익숙하고 혼란이 덜 하기 때문일 것이다. 또한 이 가차 표현들의 장점은 원지음보다 음절수에서도 경제성을 띤다. 원지음 서너 자 이상을 대체로 두자 정도에서 표현하기 때문이다.

그러나 장기적으로는 몇몇 국가명과 지명을 제외하고는 되도록 원지음 명칭을 쓰도록 해야 할 것이다. 앞으로 자라나는 세대들은 이 가차 표현이 낯설기 때문이다. 따라서 이에 대한 대책으로도 그리 할 수밖에 없는 현실이다.

08 우리말과 비슷한 만주어의 세계[5]

우리말은 계통적으로 알타이어족과 비슷하다. 전에는 몽골어, 퉁구스어, 만주어 등과 함께 알타이어족이라 단정했으나, 최근에는 알타이어족에 근접하다는 것이 정설이다. 같은 알타이어족으로 보기에 유사한 점이 너무 적고, 다른 점이 오히려 많음을 최근에 밝혀냈기 때문이다.

알타이어족이라 일컫는 언어들 중에서 그래도 우리말과 많이 유사한 것이 '만주어'라 한다. 만주어는 중국 청나라 때까지만 하여도 만주족이 득세하면서 공용어로까지 쓰였다. 그러나 청나라 멸망 후 만주족들이 한어(현 중국어)를 많이 사용하게 되면서 급격하게 쇠퇴하였다. 2015년 현재는 헤이룽장 성에 사는 불과 10명 내외만이 모국어로 구사할 뿐이라 한다. 그나마 만주어가 세계에서 완전히 사라지기 전에 중국 당국에서도 헤이룽장 대학에 만주어과를 설립해 교육시키고 있다고 하니 다행이다.

---

5) 인터넷상 백과사전인 '위키 백과'의 내용을 많이 참고하였다.

그러면 만주어의 모습은 어떠하며, 어느 정도 우리말과 유사할까? 우리말은 단모음이 10개이지만, 만주어는 6개이다. 또 우리말처럼 양성(남성)모음과 음성(여성)모음, 중성모음이 있으며, 제한적이지만 모음조화가 나타난다.

만주어의 모음은 'a, o, ū, e, i, u'이며, 앞의 세 모음이 양성(남성)모음, 가운데 'e'는 음성(여성)모음, 마지막 두 모음이 중성모음이다. 이중모음에는 '/ai/, /ei/, /oi/, /ui/, /io/, /oo/' 등이 있다.

다음은 자음체계를 살펴보자. 먼저 한글의 자음 체계는 다음과 같다.

	양순음	치조음	경구개음	연구개음	후음
파열음	p, p', pʰ	t, t', tʰ		k, k', kʰ	
파찰음			ʧ, ʧ', ʧʰ		
마찰음		s, s'			h
비음	m	n		ŋ	
유음		r, l			
*반모음	w		y		

다음은 만주어의 자음체계이다.

	양순음	치조음	경구개음	연구개음
파열음, 파찰음	b, p	d, t	c, j	g, k
마찰음	f	s	š	h
비음	m	n		ŋ
유음(탄음,설측음)		r, l		
반모음	w		y	

두 언어의 자음체계를 보면 많이 비슷하다. 한글의 후음이 만주어에는 연구개음으로 발음하는 것만 다르지, 크게 다른 것이 없다. 또한 어두에 'r'음이 오는 것을 회피하는 두음법칙 현상도 같다. 어두에 소리 나는 'ㅇ'인 '[ŋ]'음이 오지 못하는 것도 우리와 같다.

만주어는 한글과 같이, 인도유럽어족에 있는 '성(性)' 개념도 없다. 아울러 관사, 전치사, 관계대명사가 없는 것도 한글과 같다.

어순은 한글처럼, 주어가 맨 앞에 오고 서술어가 맨 뒤에 온다. 또한 관계대명사 대신에 동사가 관형형이 되면서 명사를 수식하는 것도 같다. 품사의 경우는 만주어가 명사, 대명사, 수사, 동사, 형용사, 부사, 후치사 등의 7개를 설정했으니, 한글에 있는 관형사, 감탄사, 조사가 없을 뿐이다. 만주어도 한글과 같이 명사, 대명사, 수사는 뒤에 우리의 조사와 비슷한 교착적인 어미가 붙어 곡용하기 때문에 '체언'이라 부르는 점도 비슷하다. 또 1부터 10까지는 정해진 수사(예. emu(1))가 있고, 11부터는 십진법으로 말해, 11을 'juwan emu'라 한다.

이 외에도 중국과 러시아의 지명에 만주어에서 유래한 것들이 있는데, 다음과 같은 것들이다.

- 연길시(延吉市) – '연기가 피어오르다'의 의역
- 연집(烟集, 연길시의 옛 지명) – 'durgatu'의 의역
- 훈춘시(珲春市) – 'huncun(눈썰매)'
- 목단강(牡丹江) – 구불구불한 강
- 장백산(長白山) – 'golmin šanggyian alin(길고 하얀 뫼)'
- 길림(吉林) – 'jilin ula(강가)'

- 해란강(海蘭江) – 'hailan ula(느릅나무 강)'
- 송화강(松花江) – 'sunggari ula(흰 강)'
- 하얼빈(哈爾濱) – 어망을 햇볕에 널어 말리는 곳
- 아성(阿城, 금나라의 발상지) – 'arecuka(상서롭다)'의 약칭
- 두만강(豆滿江) – 'tumen secin(만(萬)개의 수원(水原))'
- 사할린 섬 – 'sahaliyan ula angga hada(검은 강어귀 봉우리)'

최근 우리나라 서울대 언어학과에서도 알타이어학 연구를 위해 만주어 수업을 전공 선택 과목으로 개설하고 사라져가는 만주어를 살리기 위해 애를 쓰고 있다. 고려대 민족문화연구원에서는 『만한 사전』을 2017년도에 출간하기도 했다. 이러한 노력들이 하나둘 모여 세계에서 족적이 사라지는 만주어를 되살리는 일도 인류의 문화 유산을 지키고 인류공영에 이바지하는 일환일 것이다.

09 말의 무서운 힘

2009년 MBC 방송국에서 한글날을 맞이해 아주 색다른 실험을 한 바 있다. 서로 다른 두 유리통에 쌀밥을 한 주먹씩 넣고, 하나에는 '고맙습니다.'라고만, 다른 하나에는 '짜증 나!'라는 말만 한 달 내내 되풀이하였다. 한 달 후, '고맙습니다.'란 말만 들은 쌀밥은 하얗고 뽀얀 곰팡이가 핀 반면, '짜증 나!'란 말만 들은 쌀밥은 꺼멓고 썩어 버린 곰팡이가 피었다. 과거에 이와 비슷하게 물이 든 유리컵에 양파 두 개를 넣고 한 실험이 있었는데, 당시는 식물이라는 생명체를 대상으로 했기에 납득이 갔지만, 쌀밥으로 실험한 경우는 가히 충격적이었다. 쌀밥 실험을 주도한 아나운서마저도 과학적 입증이 어려워, 실험 결과를 방송에 공개하는 것을 망설였다고 하니 말이다.

필자가 어느 초등학교를 방문했을 때, 교탁 옆에 가지런히 놓인 양파 화분 두 개를 보고 말의 힘이 얼마나 무서운가를 아이들에게 교육시키고 있다고 생각한 적이 있다. 긍정적이고 칭찬하는 말이 얼마나 위대한 저력을 발휘하는지를 열 마디의 훈계보다 눈에 보이는 실험으로 대신했다. 이렇게 학생들을 가르치는 선생님의 생각이 참 숭고하고 존경스러웠다.

학교현장에서 '욕설 없는 바른말 교육'을 위해 최선을 다하고 있다. 심한 욕설도 학교폭력으로 신고 되는 상황에서 아이들의 곱고 상냥한 말투가 인성교육과 학교폭력 예방에 큰 도움이 되리라 생각했기 때문이다.

가는 말이 고와야 오는 말이 곱고, 말 한 마디로 천 냥 빚을 갚는 세상이다. 또 촌철살인(寸鐵殺人)처럼 말 한 마디로 사람을 죽일 수도 있는 세상이다. 말 한 마디로 타인에게 상처를 안겨 주고, 힘과 용기를 줄 수도 있으며, 심하면 삶까지 변화시킬 수도 있다. 항시 쓰고 듣는 말이지만, 그 속에 담긴 힘은 무한하다. 그래서 나이가 점점 들어가면서 말의 위력을 무서워지기도 하다.

앞으로 살면서 이런 말만 되풀이해 보자.

- '대단한 걸?'
- '고맙습니다.'
- '넌 할 수 있어.'
- '그랬구나.(그래서 힘들었겠구나.)'
- '사랑해'
- '이전보다 더 좋아'
- '최곤데?'
- '참 잘했어요.'
- '이게 너의 장점이야.'
- '와! 대박'
- '행복해 보여'

- '잘 지내'
- '좋아해'
- '다행이야.'
- '그래, 다시 시작하자'
- '일단 해보자.'
- '괜찮아'
- '너를 믿는다.'
- '넌 참 소중해'
- '힘내자'

심금을 울리는 말 한 마디도 좋지만, 평소에도 착하고 고운 말과 늘 함께 할 때, 말 한 마디가 우리 사회를 부드럽고 윤택하게 흘러가는 윤활유가 되리라 확신한다.

10 범죄인들의 은어

2007년과 2008년 이태 동안 천안교도소 재소자 50여 명을 상대로 국어수업을 한 적이 있었다. 그때 그들과 함께 하며 이런저런 정도 쌓아가면서 그들만의 특별한 말인 은어를 조사한 적이 있다. 총 200개 어휘를 가지고 조사했었다.

조사 결과, 이들의 은어는 긴 문장을 최대한 줄여서 표현하였고, 상대적인 보상심리에서 비롯된 반어(反語)형을 추구하기도 하였다. 또한 우리 사회의 국제화라는 분위기에 편승하여 외래어가 많이 출현하였다. 그러나 대체적으로는 그 모양을 빗대거나 소리를 흉내 낸 표현들이 흔하게 나타났으며, 특히 비유적인 표현이 두드러진다.

그 은어들 중 몇 개만 살펴보자.

- 의태적 유형: 개다리/닭다리/돼지다리(권총), 국숫줄(포승), 작대기(만년필), 지나리(뱀,국수), 달걀빵(총살)
- 의성적 유형: 왕왕이(라디오), 매미(창녀)
- 고상한 표현: 은팔찌(수갑), 떡(마약), 사진관(면회실), 넥타이

공장(교수형 집행소), 별(전과 수)

- 비유적 표현: 강아지(담배), 개꼬리(담배꽁초), 기계(훔치는 사람의 손), 곰앞잡이(형사), 쥐털방(흉악범 수용방), 수꿈(낮 꿈), 암꿈(밤 꿈), 보리가마니(무기징역), 빵재비(재범), 돌밥(마지막 밥) 등
- 절제된 표현: 꽁이(수갑), 닭오리(여장 남자접대원), 목내(시골 거지), 날명(변명), 깔치(여자) 등
- 결합: 뺑코(미국인), 뒷문 가출옥(교도소에서 죽음), 설보다(훔치다), 꽁시다이(보리밥) 등
- 반대심리: 딱지(수표)
- 심리적 기대: 벙어리(자물쇠)
- 사회문화적 의미: 쎄리(경찰), 쎄리깐(경찰서)
- 첨가: 맹꽁이(수갑), 따시다(훔치다)
- 방언: 나꾸다(훔치다), 걸배이(거지), 딱가리(부하)
- 일본어: 사시미(칼), 입빠이(가득), 곤조(성질), 구라(거짓말), 야리(담배) 등
- 영어: 빠큐(욕), 타투(문신) 등

이렇게 어떤 계층이나 부류의 사람들이 다른 사람들은 알아듣지 못하도록 자기네 구성원들끼리만 빈번하게 사용하는 은어는 범죄인들에게 자신들만의 존재감을 확인해 주는 역할도 했으리라. 이러한 범죄인의 은어는 1950년대와 1960년대에 많이 이루어졌다. 당시는 종전된 지 얼마 되지 않은 불완전한 정치 현실 속에서 여기저기 범죄인들이 창궐했던 당대의 현실과도 밀접한 관련이 있었다.

미래의 사회는 범죄인이 없어지는 그런 사회가 도래한단다. 바로

사회 전체를 감시하고 볼 수 있는 CCTV와 같은 시각적 정보망이 산재되어 있고, 게놈 지도 등을 비롯한 유전인자 인식 등을 활용한 과학수사방법이 나날이 발전하고 있다. 또한 사물마다 바코드 형식의 고유번호가 있어, 분실 시 그 위치를 바로 추적할 수 있다고 한다. 따라서 어느 순간 어느 곳에서 저지른 범죄도 그 증거와 범죄 식별이 가능하기 때문에 범죄가 우리 사회에 남을 날도 멀지 않았다는 것이다. 그렇다면 앞으로 범죄인들은 또 어떤 양상으로 변화할까? 그들의 앞으로 행로도 귀추가 주목된다.

11 '-가'와 '-는'의 차이

우리글에서 문장을 성분에 따라 나누는데, 문장의 중심이 되는 성분을 주성분이라 하고, 이 주성분을 보조하거나 지원하는 성분을 부속성분이라 한다. 주성분은 주어, 목적어, 서술어 등으로 나누고 부속성분은 관형어, 부사어 등으로 나눈다.

주성분 중에 주어는 이를 표시하는 토씨가 붙게 되는데, 이를 전문적으로 '주격조사'라고 한다. 주격조사에는 '-이, -가, -께서, -에서' 등이 있다. 이들 주격조사는 앞에 오는 명사, 대명사, 수사 등의 체언이 문장 안에서 주어라는 자격을 가지도록 해준다.

그런데 이 주격조사와 가끔 혼동을 주는 것에 주제의 보조사 '-은/는'이 있다. 이들 보조사는 격조사가 올 자리에 놓이거나 격조사와 결합되어 대조, 주제, 한정의 뜻을 더해 주는 기능을 한다.

예를 들어보자.

1. 철수가 밥을 먹었다.
2. 철수는 밥을 먹었다.

1번 문장의 철수는 밥을 먹은 사실을 있는 그대로 제시할 뿐이다. 그러나 2번 문장의 철수는 많은 사람들 중에서 '철수'만 먹었다는 한정의 뜻을 지니기도 하고, 다른 사람이 아니고 바로 '철수'라는 사람이 먹었다는 주제를 제시하기도 하며, 다른 사람과 빗대어 '철수'가 밥을 먹었음에 대해 대조적으로 표현한 의미이기도 하다. 따라서 이 '-는' 속에는 1번 문장에 비해 한정이나 대조의 의미를 내포하기도 한다.

그러니까 2번 문장은 이러한 뜻인 것이다. 다른 사람은 몰라도 '철수'만은 밥을 먹었음을 두드러지게 강조해 한정하여 표현한 것이라 할 수 있다. 즉 주격조사는 일반적으로 일반적 진술에 사용되고, 보조사는 대조적인 내용을 진술할 때 쓰인다.

또 이야기하는 화제에 처음으로 소개되는 경우에는 주격조사 '-이/가'를 사용하고, 그 이후부터는 보조사 '-은/는'을 사용한다. 예를 들어 보자

저기에 나무가 있습니다. 그 나무는 무럭무럭 잘 자랐습니다.

이러한 것은 마치 영어의 부정관사와 정관사 쓰임과 아주 비슷한 편이다. 즉 처음에 사용할 때는 부정관사 'a'를 사용하지만, 일단 한번 제시한 후에는 정관사 'the'를 사용하는 것과 같다.

주격조사는 정보의 중심이 앞에 오는 명사에 있다. 그러나 보조사는 뒤에 오는 내용이 정보의 중심이다. 예를 들어 보자.

(가) 누가 학교에 갔을까? 철수가 학교에 갔어.
(나) 철수는 뭐하니? 철수는 학교에 갔어.

예로 든 문장의 경우처럼, (가) 문장의 대답에 중심은 '철수'에 있다. 따라서 주격조사 '-가'가 쓰였다. 반면에 (나)의 경우는 문장의 대답에 중심이 '학교에 갔어.'라는 내용이다. 따라서 보조사 '-는'이 쓰였다.

12 가장 오랜 한글 금석문

금석문(金石文)은 '종이나 비석 따위에 새겨진 글자'를 일컫는데, 우리가 흔히 접하는 것은 한문 금석문이다. 몇 글자만으로 내용을 기술할 수 있는 편의성과 한자 숭배사상에서 비롯되었으리라 추측된다. 한글을 기념비나 묘비에 쓰기도 하지만 드물 뿐만 아니라, 최근에야 극소수로 있는 일이다.

조선 중기의 문신이었던 묵재(默齋) 이문건(李文楗, 1494~1567). 그는 자신의 손자인 이수봉이 16세가 되기까지의 기록을 담은 육아일기, 『양아록(養兒錄)』를 집필한 것으로도 유명하지만, 이 외에도 부모님의 묘에 한글로 된 비석을 세운 것으로도 유명한 학자이다. 현재 그 비석은 서울 노원구 하계동 산12-2번지에 있는데, 보물 제1524호로 지정되어 있다. 선친인 이윤탁과 어머니 고령 신 씨를 합장한 묘 앞에 후세들이 혹여 비석과 묘를 해칠까 하는 염려에서 세운 비석이다. 현재까지 전하고 최고 오래된 한글 금석문이다. 비의 비신은 상부의 양쪽 모서리에 각을 주어 깎은 모양이고, 받침대는 네모 모양인 규수방부(圭首方趺) 형이다.

묘비의 내용을 보자.

〈원문〉

녕혼 비라.

거운 사릇몬 직화롤 니브리라.

이는 글 모릇는 사룸ᄃ려 알위노라.

〈현대어 번역〉

신령한 비석이다.

이 비를 쓰러뜨리는 사람은 화를 입을 것이다.

이는 글을 모르는 사람에게 알리는 것이다.

한글이 만들어지고 거의 100년이 다 되서야 비로소 한글 금석문이 등장한 것이다. 당시에 선비들의 한자 숭배사상에도 불구하고 묵재 선생은 꿋꿋하게 자신의 생각을 한글로 펼쳤다.

우리가 위인이라고 칭송하는 분들은 기존의 전통을 그대로 답습하는 사람보다 자신의 창조적 생각을 주저 없이 표출하는 사람들이 많다. 연암 박지원, 단원 김홍도 등이 그렇고 묵재 이문건도 바로 그런 분이시다. 묵재 선생은 성품이 근후하고 효성이 지극했으며, 자녀 교육에도 열과 성을 다하신 분이었다. 23년간 유배 생활 중에도 학문에 힘써, 후대의 이황, 이이 선생도 그의 시문을 탐독하였다고 한다. 현재는 충청북도 괴산군에 있는 화암서원(花巖書院)에서 제향을 하고 있단다.

    그런데 한 가지 안타까운 것은 유배 중에 성주에서 별세한 묵재 선생의 묘비는 그 후손들이 한자로 금석문을 작성하였다. 그 선조의 유지를 충분히 파악했다면 한글로도 썼으리라 생각하지만, 그 후손들이 그러한 생각을 고려하지 못함이 아쉬울 뿐이다.

13 '한글'이란 명칭

다 아는 바처럼 애초 한글의 명칭은 '훈민정음'이었다. 1446년 세종대왕께서 붙인 이름이다. 그러나 훈민정음이라는 명칭도 당시에 일반화되지는 않았다. 반절이니, 언문이니 하는 별칭을 창제 당시부터 쓰기 시작하여, 시대가 흐를수록 '언문'이란 명칭이 더 득세를 했으니 말이다.

반절(反切)이라는 명칭은 훈민정음이 초성, 중성, 종성을 합해 한 글자를 이루는 속성에서 유래된 명칭이다. 최세진이 쓴 『훈몽자회』(1527년)에서도 이 말은 쓰였다. 현진건의 소설 『적도』가 나온 1934년도까지도 쓰였으니, 꽤 오래 사용한 명칭이다.

한글을 낮잡아 일컫는 '언문(諺文)'도 있다. 이 용어는 『세종실록』권102에도 '상친제언문이십팔자(上親製諺文二十八字)-세종대왕께서 친히 28자를 만드셨다.'에도 등장하는데, 창제 당시부터 세종대왕과 집현전 학자를 제외한 대다수 신하들이 부른 명칭이었으며, 최근까지도 일부 노인층이 쓰는 용어이기도 하다.

'암클/암글'은 조선 후기에 이르러 아녀자들까지 한글을 익히자

아녀자들이나 주로 쓰는 글이라는 뜻으로 붙여진 이름이다. 생명력
은 그리 길지 않아 바로 없어졌다.

　이 외에도 '언서(諺書), 언자(諺字), 언해(諺解), 중글' 등이 있는데,
모두 한글을 낮잡아 일컫는 명칭들이다.

　그럼 '한글'이라는 명칭은 언제부터 쓰였을까? 대체로 1910년에
최남선, 주시경 등이 '언문(諺文)'이나 '조선문자(朝鮮文字)'라는 명칭
대신에 고안해 쓴 것으로 알려져 있다. '한글'의 '한'은 우리 민족을
일컫는 '韓'의 뜻과 '大'의 뜻인 고유어 '하다'의 관형형에서 유래한
것이다.

　그러나 한글이란 명칭이 받은 수모도 적지 않아, 1910년 경술국
치 이후에는 이 말을 대신해 '국어', '국문'으로도 쓰이다가 1913년
부터 '한글'이란 말을 다시 사용하게 되었다. 1927년에는 2월 8일
학술잡지이며 동인지 성격인 『한글』이 간행되고, 1932년 5월 1일
조선어학회 기관지로 『한글』 잡지도 탄생하면서 한글이라는 명칭이
보편화되기 시작하였다.

　이제 '한글'이라는 명칭은 세계적으로 'Hangeul'이라 통용되며,
전 세계 12위권의 사용 언어 인구수를 자랑하는 국제적인 언어로
발돋움하였다. 현재는 세계 약 30국에서 제 2외국어로 채택되어 교
육중이다. 또 최근에는 세계 유수의 관광지나 교통 안내 시스템에
유럽을 비롯한 많은 국가에서 한글 안내를 병기하니, 참으로 자랑
스러운 우리말이다. 외국 여행에서 가끔씩 잘못된 한글 표기나 '낙
서 금지, 통행금지' 등의 부정적인 말만 한글 안내가 되어 다소 씁

쓸하기도 하지만 말이다.

아름다운 우리 한글을 전파하고 예쁘고 개성 있는 캘리그라피로 디자인해 우리말의 우수성을 널리 알리는 것이 우리에게 맡겨진 책무이다. 이제 우리 모두 하나하나가 민간외교 사절단이라는 책임감을 갖고 외국에 나가서도 자랑스럽게 한글을 퍼뜨리는 역할을 수행하길 간절히 빌어본다.

14 헛갈리는 감탄사들

세상을 살다보면 놀랄 일도 많고 슬플 일도 많으며 기쁠 일 또한 많다. 그래서 인생을 희로애락(喜怒哀樂)이라는 한자성어로 표현하지 않던가. 이를 표현하는 말이 감탄사이다. 감동, 응답, 부름, 놀람 따위의 느낌을 나타내는 품사가 바로 감탄사인 것이다. 마음속에 깊이 느껴 탄복하고 찬탄하는 것을 말로 표현하는 것이다.

그런데 이러한 감탄사도 조심해서 쓸 것들이 몇 있다. 그냥 소리나게 쓸 것이 아니라, 주의를 필요로 하는 것들이 있다는 말이다.

- 에계: '어뿔싸'보다 뜻이 얕은 말 또는 작거나 칙살맞아 업신여기는 소리이다. 이를 '에게, 애게, 애계' 등으로 쓰는 것은 잘못이다.
- 예끼: 때릴 듯한 기세로 나무라거나 화를 내는 소리이다.
- 에끼: 갑자기 놀랐을 때 내는 소리이다. 어감이 거센 말 앞에 '에키'로 쓰기도 한다. 마땅치 않거나 싫증이 날 때 내는 소리이기도 하다. 이럴 경우는 '에기'보다 센 느낌을 준다.
- 에구머니: '어이구머니'의 준말로, 어감이 작은 말 앞에서는 '애고머니'로도 쓴다. 이를 '에그머니, 애구머니' 등으로 쓰는

것은 잘못이다.

- 에잇: 비위에 거슬려 불쾌할 때 내는 소리이다.

- 에헴: 점잔을 빼거나 인기척을 내려고 일부러 내는 헛기침 소리이다. 어감이 작은 말 앞에서는 '애햄'으로 표현한다.

- 에: 사용 영역이 많은 감탄사이다. 뜻에 맞지 않아 역정으로 낼 때, 가볍게 거절할 때, 남을 나무랄 때, 스스로 생각을 끊어 버릴 때, 말을 시작하거나 말하기를 망설일 때, 말하는 도중에 뒷말이 얼른 나오지 않을 때, 기분이 좋을 때 내는 소리이다.

- 네/예: 이 두 감탄사는 동의어로 복수표준어이다. 존대할 자리에 대답할 때, 존대할 자리에 재우쳐 물을 때 두 말을 쓴다. '예'의 경우는 때릴 기세로 으를 때 쓰는 말이기도 하다.

- 애: '얘, 깜짝이다.'처럼 과연 놀랄 만함을 느낄 때 내는 소리이다.

- 글쎄: 남의 물음이나 요구에 분명치 않은 태도를 나타내거나 자기의 뜻을 다시 강조하거나 고집할 때 쓰는 말이다. 이를 '글세'나 '글쌔'로 쓰는 것은 잘못이다.

- 옜다: '여기 있다'가 줄어 된 말로, 해라할 사람에게 무엇을 줄 때 하는 말이다.

- 얼씨구: 흥겨워 떠들 때 장단을 가볍게 맞추며 내거나 보기에 아니꼬워서 조롱할 때 내는 소리이다. '절씨구'와 호응하여 한 단어로 쓰이기도 하며, '얼시구'로 쓰는 것은 잘못이다.

- 아싸: 기분이 좋거나 일이 잘 풀릴 때 쓰는 말이지만, 아직 『표준국어대사전』(국립국어원)에는 등재되지 않았다.

- 뜨아: 황당한 일을 당했을 때 쓰는 소리이다. 그러나 이 또한 아직 『표준국어대사전』(국립국어원)에는 등재되지 않았다.

- 으이그: 못마땅할 때 쓰는 감탄사로, 문학작품 속에서는 흔히 등장하지만, 아직 사전에는 등재되지 않았다.

- 제기랄: 언짢을 때에 불평스러워 욕으로 하는 소리이다.

● 헤: 일이 순조롭게 되지 않거나 곤란할 때 내는 소리이다. 어
   감이 작은 말 앞에서는 '해'로도 쓴다.

 눈여겨 볼만한 감탄사를 검토해 보았다. 특히 '에, 예, 애, 얘' 등
에 대해 발음상에서는 큰 지장이 없겠으나, 표기할 때는 주의를 기
울여야 한다. 또한 감탄사 표기에는 'ㅆ, ㄸ'와 같은 된소리와 '예,
얘' 등의 이중모음이 많이 쓰임을 특별히 알아야 할 것이다.

15 세상에 떠도는 각종 ○○ 효과들

인간의 성정(性情)이란 같은 내용을 투입해 좀 더 바람직한 결과를 얻는 것을 당연한 것으로 받아들인다. 그래서 흔히들 말하지 않던가? 최소 노력에 최대 효과라. 그러다보니, '○○ 효과니, ×× 효과'니 라는 말이 비일비재하다.

그런데 이에 대한 개념 정립도 쉽지 않고, 이를 이해하기란 더더욱 어려운 면이 있다. 그래서 일상생활에서 흔히 거론되는 이러한 효과들을 정리해야겠다고 맘먹었다.

대체로 일상생활과 관련된 경제, 심리, 의학, 사회 분야 등을 중심으로 살펴보겠다. 예를 들어 '전시 효과, 온실 효과, 연쇄 효과, 역효과' 등과 같이 너무 일반화되어 흔히 알고 있는 것들은 제외하였다.

- 과정 효과(過程 效果): 『언론』 대중 매체의 효과 분류 가운데 대중 매체가 제시하는 내용물을 접하는 동시에 일어나는 단기적(短期的)이고 수단적(手段的)인 효과.
- 관성 효과(慣性 效果): 『경제』 소득이 높았을 때 굳어진 소비

성향이 소득이 낮아져도 변하지 않는 현상. 관성 효과가 작용하면 소득이 감소하여 경기가 후퇴할 때 소비 성향이 일시에 상승한다.

- 교차 효과(交叉 效果):『경제』한 재화의 가격 변화가 다른 재화의 수요에 미치는 영향.

- 나비 효과(-- 效果):『사회』어느 한 곳에서 일어난 작은 나비의 날갯짓이 뉴욕에 태풍을 일으킬 수 있다는 이론. 미국의 기상학자 로렌즈(Lorenz, E. N.)가 사용한 용어로, 초기 조건의 사소한 변화가 전체에 막대한 영향을 미칠 수 있음을 이르는 말이다.

- 누적적 효과(累積的 效果):『언론』광고 메시지가 장기적이고 복합적으로 수용자의 취향이나 구매에 미치는 영향.

- 리카도 효과(Ricardo 效果):『경제』실질 임금이 하락하면 기업가는 기계 대신에 노동력을 더 많이 사용하여 생산을 하게 된다는 이론. 오스트리아의 경제학자 하이에크가 명명(命名)하였다.

- 병용 효과(竝用 效果):『약학』두 가지 이상의 약물을 함께 사용하였을 때에 나타나는 약효의 변화. 두 약물을 각각 단독으로 투여하였을 때 나타나는 효과보다 강하게 나타나기도 하고 약하게 나타나기도 한다.

- 부메랑 효과(boomerang 效果):『경제』선진국이 발전도상국에 원조를 하거나 자본을 투자하여 생산한 물품이 현지의 수요를 웃돌아 도리어 선진국으로 역수출되어 해당 산업과 경쟁하게 되는 일.

- 승수 효과(乘數 效果):『경제』경제 현상에서, 어떤 경제 요인의 변화가 다른 경제 요인의 변화를 유발하여 파급적 효과를 낳고 최종적으로는 처음의 몇 배의 증가 또는 감소로 나타나는 총 효과.

- 시몽 효과(Simon 效果):『심리』어두운 데서 평면을 바라보면,

하늘을 바라볼 때처럼 자기를 중심으로 한 구면(球面)으로 보이는 현상.

- 에스 효과(S 效果): 『심리』 공간이 시간 판단에 미치는 효과. 어두운 방에서 일정한 시간 간격으로 특정한 광점(光點)을 연속적으로 제시할 때에, 두 점 사이의 거리가 넓고 좁음에 따라 그 시간 간격도 길게 느껴지거나 짧게 느껴지는 현상을 이른다.
- 의존 효과(依存 效果): 『사회』 산업 사회와 같이 풍요한 사회에서 실제적인 필요에 의해서가 아니라 생산 과정 자체가 소비자의 욕망을 만들어 내는 현상. 미국의 사회학자 갤브레이스(Galbraith, J. K.)가 사용한 용어이다.
- 지렛대 효과(--- 效果): 『경제』 기업이나 개인 사업자가 차입금 등 타인의 자본을 지렛대처럼 이용하여 자기 자본의 이익률을 높이는 일. =레버리지 효과.
- 제이커브 효과(J-curve 效果): 『경제』 환율 하락이 처음에는 무역 수지의 악화를 가져오다가 다시 개선되는 현상. 또는 환율 상승이 처음에는 무역 수지의 흑자폭을 이루다가 점차 적자로 바뀌는 현상.
- 지연 효과(遲延 效果): 『의학』 방사선을 쐰 뒤 수년 또는 수십 년이 지나서 비로소 증상이 나타나는 장애.
- 타우 효과(tau 效果): 『심리』 시간 간격이 공간 간격의 지각에 영향을 미쳐 착각을 일으키는 현상.
- 플라세보 효과(placebo 效果): 『의학』 '속임약 효과'의 전 용어
- 피구 효과(Pigou 效果): 『경제』 물가의 하락으로 자산의 실질 가치가 상승하면 소비 지출이 증가하는 작용. 영국의 경제학자 피구가 케인스의 소비 함수 이론을 비판하면서 제창하였다.
- 헤일로 효과(halo 效果): 『심리』 =후광 효과. 배광 효과
- 휘튼 효과(Whitten 效果): 『동물』 집단 사육으로 발정(發情)이 늦어진 암컷 생쥐의 무리 속에 수컷을 넣어 주면 발정이 규칙적으로 일어나게 되는 현상.

이상을 살펴보면 대체로 외래어가 많고 다음으로 한자어가 많다. 순 우리말로는 '나비 효과'와 '지렛대 효과'뿐이다. '헤일로 효과'는 후광 효과, 배광 효과라는 좋은 우리말이 있는데, 대체해서 쓰는 것이 언중들을 위해서도 바람직하다. 또 '플라세보 효과'를 일반적으로 '플라시보 효과'라 하는 것은 잘못된 표현이다.

16 기름의 또 다른 우리말 '곱'

국립국어원 발간 『표준국어대사전』에는 '곱'을 '부스럼이나 헌데에 끼는 고름 모양의 물질, 지방 또는 그것이 엉겨 굳어진 것'으로 실려 있다. 이를 바탕으로 본다면 '곱'은 고름이나 지방의 의미를 지닌다.

눈에서 나오는 진득진득한 액이나 그것이 말라붙은 것을 우리는 '눈곱'이라 한다. 또 '곱구슬'이라는 것이 있다. 곡옥(曲玉)과 같은 말인데, 예전에, 옥을 반달 모양으로 다듬어 끈에 꿰어서 장식으로 쓰던 구슬을 일컫는다. 옥돌은 모두 흰색이거나 무색인 것이 원래의 옥이며 철이나 크롬 등의 불순물이 끼면 붉거나 초록빛을 띤다. 원래의 옥돌을 보면 윤기가 흘러 마치 기름기가 낀 것처럼 보인다. 따라서 '눈곱'과 '곱구슬'의 '곱'도 그러한 의미를 나타낸 것으로 보인다.

이 외에 '곱돌'이 있다. 일명 '납석(蠟石)'이라고도 한다. 곱돌은 '기름과 같은 광택이 있고 만지면 양초같이 매끈매끈한 암석과 광물의 총칭'한다. 따라서 여기의 '곱'도 기름의 의미를 지닌다. 마지막으로 우리가 흔히 먹는 '곱창'이 있다. 소의 작은창자를 뜻하는데, '곱창'의 '곱'도 기름기가 많다는 의미를 내포한다.

  이상을 정리해 보면, '곱'이 기름의 의미임은 명백해진다. '기름'이라는 순 우리말이 최근에 다이어트 열풍 때문인지, 석유나 휘발유와는 구별하고 싶은 마음 때문인지, 흔한 일상어로 쓰기를 주저하는 편이다. 이 때 이러한 거부감을 다소 감소시키거나 해소할 수 있는 방법이 바로 '곱'을 쓰는 게 좋지 않을까 한다.

  예를 들어, 최근 청소년들에게 유행하는 과자 이름 중에 '허니버터칩(honey butter chip)'이 있다. 이 이름도 순 우리말로 '꿀곱과자'라 명명하면 어떨까 하는 엉뚱한 생각이 든다. 통상 우리가 흔히 쓰는 '기름간장'이나 '기름 양념장'은 '곱장'으로, 기름을 먹인 종이를 '기름종이'라 하지 말고 '곱지'로, 단순화해서 표현하면 음절수도 줄고 의미도 거부감이 덜 생기지 않을까 한다.

17 ○○족의 세상

21세기에 들어서면서 우리는 ○○족이란 표현을 즐겨 쓰기 시작했다. 소싯적 바캉스족이라는 말 정도만 들었다. 그러던 것이 불과 10여 년 전부터 '오렌지족, 엑스족'이 등장하더니, 요즘은 하루가 멀다 하고 ○○족이라는 신조어가 출현해 그 뜻을 몰라 난감하다.

그래서 최근 10여 년 동안 시대를 풍미한 '○○족'은 어떤 것들이 있는지 조사해 보았다. 이를 통해 현대를 사는 사회인으로서 원만한 생활을 하는 데 참고가 되고자 정리를 해 본 것이다. 덧붙여 아래에 제시된 족명(族名)들은 모두 사전(여기서 사전이란 국립국어원에서 발간한 『표준국어대사전』을 지칭)에는 올라 있지는 않다.

- 욘족(YAWN): 젊고 부유하지만 평범하게 사는 사람, 즉 'Young And Wealthy but Normal'의 머리글자를 딴 말이다. 영국의 ≪선데이 텔레그래프≫가 2000년대의 엘리트 트렌드로 처음 소개하면서 널리 알려지기 시작했다.
- 여피족(Yuppies): 도시 주변을 주된 생활기반으로 하여 지적 직업에 종사하는 네오리버럴리즘(Neoliberalism, 신자유주의)

지향의 젊은이들을 일컫는다. Young Urban Professionals의 머리글자 YUP에 히피(hippie)를 본떠 '-ie'를 붙인 미국식 영어이다.

- 노무족(NOMU族): 나이와 상관없이 자유로운 사고와 생활을 추구하는 40~50대를 일컬으며, 'No More Uncle'을 줄인 말이다.

- 딩크족(DINK族): 결혼해서도 정상적인 부부생활을 하는 맞벌이 부부로, 수입은 두 배(Double Income)이지만 아이는 갖지 않는다(No Kids)고 주장하는 새로운 가족형태를 뜻하는 말이다.

- 욜로족(YOLO族): 'You Only Live Once(한 번뿐인 인생)'의 약자. 한 번뿐인 인생에서 기회를 놓치지 말고 현재를 즐기며 살자는 의미이다.

- 노쇼족(No-Show族): 예약을 해 놓고 당일에 갑자기 취소하거나 취소 연락 없이 현장에 나타나지 않는 사람 또는 그런 무리를 말한다.

- 펫피족: '펫 피플(pet people)'의 줄임말로, 반려동물을 위해 아낌없이 지갑을 여는 사람들을 말한다.

- 펫팸족(petfam族): pet(애완동물)과 family(가족)의 합성어로, 반려동물을 진짜 가족처럼 생각하는 사람들을 이르는 말이다.

- 니트족(NEET族): 일하지 않고 일할 의지도 없는 청년 무직자를 뜻하는 신조어이다. 'Not in Education, Employment or Training'의 줄임말이다.

- 워라밸족(Work & life balance族): 일과 여가의 균형을 추구하는 생활양식을 추구하는 사람들을 말한다.

- BMW족: 버스(Bus)나 자전거(Bicycle)를 타고 지하철(Metro)을 이용하고 걸으며 (Walking) 디지털 기기를 즐기는 사람들을 말한다.

- NG족: 휴학을 하거나 학점을 고의로 채우지 않는 방법으로 취업 전까지 졸업을 미루는(No Graduation) 사람들을 말한다.

- SS족: 고령 사회에 처음으로 진입하면서 이른바 '시니어(Senior,

50대 이상 중장년층)·실버(Silver, 65세 이상 노년층)' 세대를 일컫는 말로, 여유로운 경제력을 가진 사람들을 말한다.

- VIB족: 'Very Important Baby'의 준말로, 내 아이를 위해서 소비를 아끼지 않는 부모들을 말한다.
- 홀로족: 싱글라이프를 살아가는 '나 홀로'와 자신의 행복을 가장 중시하며 현재를 즐기는 것을 뜻하는 '욜로'의 합성어로, 사람들과의 관계에서 벗어나 나만의 인생을 즐기는 사람들을 말한다.
- 스몸비족: 스마트폰을 보면서 좀비처럼 걷는 요즘 사람들을 말한다.

이상의 족명들은 영어 원어의 머리글자[頭字]를 따서 만든, 일종의 두자어(頭字語) 형태이다. 족명을 만드는 일반적인 방법으로 그 수가 가장 많다.

- 보보스족(Bobos族): 사회적·경제적으로 성공한 부르주아 계층에 속하면서도 보헤미안과 같이 저항적이고 자유로운 삶을 추구하는 사람 또는 그런 무리들을 말한다.
- 캥거루족(kangaroo族): 취업을 못해 부모에 의지해 살거나, 취직을 했는데도 임금이 적어 독립하지 못하는 부류의 사람을 지칭하는 말이다.
- 펫미족(Pet=Me族): 자신과 반려동물을 동일시하는 사람들을 말한다.
- 포미족(For Me族): 개인별로 가치를 두는 제품에 과감한 투자를 아끼지 않는 사람들을 말한다.
- 그루밍족(Grooming族): 남성인데도 치장이나 옷차림에 금전적 투자를 아끼지 않는 사람 또는 그런 무리를 말한다. 그루밍은 여성의 '뷰티(beauty)'에 해당하는 남성의 미용용어로 피부, 두

발, 치아관리는 물론 성형수술까지 포함하는 뜻으로 사용된다.

- 그루답터족(Groo-dopter族): 패션·미용에 아낌없이 투자하는 남자들을 일컫는 '그루밍(Grooming)'과 '얼리 어답터(Early Adopter)'의 합성어로, 남들보다 한 발 앞서 화장품과 패션 신제품을 사용하는 등 외모 관리에 적극적인 남성들을 말한다.
- 홈살롱족: 미용실이나 전문 관리실 대신 집에서 두피나 모발 관리, 스타일링 등을 스스로 관리하는 사람들을 말한다.
- 노노족(NO老族): 잘 늙지 않는 세대를 뜻하는 말이다. 현대 의학기술 발달로 수명이 길어진 데다 규칙적인 운동과 식생활로 체력뿐 아니라 외모까지 젊어진 노령층들을 말한다.
- 리퍼브족(Refurb族): 인터넷과 SNS를 활용해 바꿔 쓰고, 공유하고, 새것 같은 중고물건을 사용하는 사람들을 말한다.
- 시티캠핑족: 도시에서 캠핑을 즐기는 사람들을 말한다.

이상은 지칭어 전체를 사용해 만들어진 족명들이다. 약어를 사용하지 않기에 이해는 쉽지만, 일상어가 아닌 것이 많아 별도로 학습을 해야 한다.

- 혼족(나홀로족): 혼(자)이라는 글자와 공통된 생활양식을 지닌 사람들이라는 뜻의 족을 합쳐서 만든 신조어이다. 1인 가구가 늘어나기 시작한 2010년대부터 사용한 신조어로 새로운 생활양식의 사람들을 말한다.
- 집술족: 집에서 가족이나 친구와 술을 즐기는 사람들을 말한다.
- 자라니족: 자라니는 '자전거'와 '고라니'를 합친 단어로, 도로에서 자전거가 고라니처럼 언제 어디에서 나타날지 모른다고 해서 만들어진 말이다.
- 두바퀴족: 자전거타기를 즐기는 사람들을 말한다.

　이상은 순 우리말을 사용해 만들어진 족명들이다. 상대적으로 외래어에 비해 적은 편이다.

　'○○족'이라는 신조어를 만드는 사회적 현상을 막을 수는 없다. 그러나 무턱대고 특별한 행동이나 생활을 하는 사람들을 일컫기 위해, '○○족'이란 명칭을 중구난방으로 자꾸 만드는 것도 문제이다. 이왕이면 영어 어휘 전체나 순 우리말을 사용해 이해하기 쉽게 만들었으면 하는 바람이지만, 이 또한 새로운 시대의 흐름에 어울리지는 않으리라. 언중들의 바람직한 언어문화의식이 자리 잡기를 간절히 바랄 뿐이다.

18 '-이-' 잘못 쓰면 안 돼요

우리말에 접사 '-이-'라는 것이 있다. 시킴을 할 때 붙이는 사동의 '-이-'가 있고, 행위를 입음을 표현하는 '-이-'가 있다. 이를 각각 전문 용어로는 '사동접사, 피동접사'라고 일컫는다.

예를 들어, '아기에게 젖을 먹**이**다.'에서 '-이-'는 '먹다'라는 동사에 시킴의 의미가 더해짐을 나타낸 것이고, '눈이 산에 쌓**이**다.'에서 '-이-'는 '쌓다'라는 동사가 행동을 입음을 나타낸 것이다.

그런데 요즘 '-이-'를 잘못 붙이는 경우가 종종 있어 문제이다. 다음의 경우들을 보자. ( ) 안은 정확한 표현을 제시하였다.

- '그녀를 만난다는 생각에 마음이 **설레이다**.'(설레다)
- '거리를 **헤매이는** 이 청춘.'(헤매는)
- '애타게 **목메이며** 불러 봅니다.'(목메며)
- '비 온 뒤에 **개인** 하늘을 본다.'(갠)
- '상관에게 **걷어채인** 정강이를 보다.'(걷어차인)
- '깊이 **패인** 도로의 웅덩이'(팬, 파인)

모두 사동이나 피동의 의미 없이 습관적으로 '-이-'를 붙여 잘못 사용한 예들이다. 특히 맨 뒤의 두 단어는 이미 사동이나 피동의 접사 '-이-'가 들어가 있다. 여기에 '-이-'를 덧붙이면 중복 표현으로 잘못이다.

그럼 '-이-'를 언중들은 왜 무의식적으로 붙이는 것일까? 먼저 발음이나 표현이 자연스러움은 있다. 이러한 표현들은 문학 작품이나 노래 가사 속에서 이른바 '시적 허용'의 측면에서 많이 사용된다. 그러나 엄연히 이것은 맞춤법을 벗어난 표현이다.

다음으로 사동이나 피동의 의미를 덧붙이기 위한 것일 수 있다. 그러나 문맥상 사동과 피동의 의미를 덧붙일 아무런 근거가 없이 사용한 것이다.

정확하게 표현한 경우를 문장으로 만들어 보겠다. 다분히 작위적이고 인위적이지만 참고만 해주기 바란다.

장맛비가 **갠** 어느 날, 빗물로 깊이 **파인** 웅덩이를 피하여 거리를 **헤매고** 있다. 보고 싶은 내 임을 **목메게** 불러보지만, 대답 없는 반응만 메아리쳐 올 뿐이다. 게다가 어젯밤 형에게 **걷어차인** 정강이는 시큰거리기만 하다. 그래도 **설레는** 가슴 안고, 임 찾아 가련다. 내 임이 있는 그 곳으로 말이다.

19 혼종어(混種語)가 난무하는 세상

우리말의 단어 중에는 혼종어(混種語)라는 것이 있다. 서로 다른 단어에서 유래한 요소의 결합에 의해 이루어진 단어를 말한다. 서로 다른 두 언어가 결합하여 복합어를 만들거나, 한 언어의 단어에 다른 언어의 접사가 붙어 만들어지는 파생어가 있다. 예를 들어 보자.

- 아동틱하다: 아동스럽다
- 시골틱하다: 촌스럽다
- 유머(humor)스러운: 해학스러운
- 해피(happy)하다: 행복하다
- 엔조이(enjoy)하다: 즐기다
- 새드(sad)하다: 슬프다
- 다운(down)되다: 기죽다
- 스무스(smooth)하다: 부드럽다
- 플레이(play)하다: 경기(놀이)를 하다
- 우승컵: 우승배
- 양파(洋-): 서양에서 건너 온 파
- 치즈떡

- 떡케이크
- 전동킥보드
- 치즈떡볶이

좀 전의 지구 반대편 사건도 잠시 후 알게 되는 국제화 시대에 언어 간 결합이야 어찌할 수 없는 조류이지만, 이를 무턱대고 받아들여야만 하는가는 생각해 볼만한 문제이다. 위 현상들을 살펴보면 특히 영어에 '-하다'가 붙는 경우가 매우 생산적임을 알 수 있다. 굳이 우리말로 해서 될 것을 이렇게 표현하는 것은 우리말 자체를 경시하는 풍조에서 비롯된 것이 아닐까 한다. 위의 혼종어 중 '양파'이하는 달리 대체할 말이 없어 그냥 쓸 수밖에 없겠지만, 이 또한 국어 정책자들이 발 빠르게 대처하지 못한 안타까움이 있다.

앞으로 이런 현상은 더하면 더했지 줄지 않으리라. 우리 언중들도 모국어 존중의식으로 무장하고, 정부와 사회에서도 즉시 대체어를 제시하는 종합적인 방안이 필요한 때이다.

20 '바람'을 이르는 우리말들

과학적으로 기압이 변화하면 균형을 이루기 위해 움직이는 공기의 흐름이 있다. 이를 우리는 '바람'이라 일컫는데, 이러한 바람도 그 종류가 다양하다. 특히 바람의 종류를 지칭하는 말들에 우리의 고유어가 많은 것이 특징이기도 하다.

그러면 바람의 종류를 알아보자. 바람의 종류 중 지리나 지구과학 분야의 학문적 연구와 관련된 용어는 제외하고, 자연 현상에서 비롯된 것들을 중심으로 알아보겠다. 아울러 방언은 제외하지만, 뱃사람들의 은어(隱語) 부문은 고유어로서의 가치가 있어 제시한다. 제시 순서는 가나다 순이다.

- 가을바람: 가을에 부는 선선하고 서늘한 바람.
- 간들바람: 부드럽고 가볍게 살랑살랑 부는 바람.
- 갈마바람: 뱃사람들의 말로, '서남풍(西南風)'을 이르는 말.
- 갈바람: '가을바람'의 준말.
- 강골바람(江-): 강골에서 불어오는 바람.

- 강바람: 비는 안 내리고 심하게 부는 바람 또는 강물 위에서나 강가에서 부는 바람.
- 강쇠바람: 첫가을에 부는 동풍.
- 갯바람: 바다에서 육지로 부는 바람.
- 건들바람: 초가을에 선들선들 부는 바람.
- 겉바람: 겉으로 난 바람.
- 겨울바람: 겨울에 부는 찬바람.
- 고추바람: 살을 에는 듯 매섭게 부는 차가운 바람을 비유적으로 이르는 말.
- 골바람: 골짜기에서부터 산꼭대기로 부는 바람.
- 궁둥잇바람: =엉덩잇바람.
- 꽁무니바람: 뒤쪽에서 불어오는 바람. =꽁지 바람
- 꽃바람: 꽃이 필 무렵에 부는 봄바람.
- 꽃샘바람: 이른 봄, 꽃이 필 무렵에 부는 쌀쌀한 바람.
- 냇바람: 산마루에서 내리 부는 바람.
- 높바람: =된바람
- 높새바람: '동북풍(東北風)'을 달리 이르는 말.
- 높하늬바람: 뱃사람들의 은어로, '서북풍(西北風)'을 이르는 말.
- 눈꽃바람: 눈꽃을 날리며 부는 바람.
- 눈바람: 눈과 함께 또는 눈 위로 불어오는 차가운 바람.
- 늦바람: 저녁 늦게 부는 바람 또는 뱃사람들의 은어로, 느리게 부는 바람.
- 늦하늬바람: 뱃사람들의 은어로, '서남풍(西南風)'을 이르는 말.
- 댑바람: 북쪽에서 불어오는 큰 바람.
- 더넘바람: 초가을에 서늘하게 부는 바람 또는 작은 가지가 움직일 정도로 선들선들 부는 바람.
- 덴바람: =된바람
- 된바람: 매섭게 부는 바람 또는 뱃사람들의 말로, '북풍(北風)'을 이르는 말.

- 된새바람: 뱃사람들의 말로, '동북풍(東北風)'을 이르는 말.
- 두샛바람: =동동남풍(東東南風).
- 뒤바람: =북풍(北風).
- 들바람: 들에서 부는 바람.
- 들이댓바람: '댓바람'을 강조하여 이르는 말.
- 땅바람: 육지에서 부는 후텁지근한 바람.
- 마른바람: 습기가 없는 바람.
- 마칼바람: 뱃사람들의 은어로, '서북풍(西北風)'을 이르는 말.
- 맞바람: 양편에서 마주 불어오는 듯한 바람.
- 맞은바람: =맞바람
- 매운바람: 살을 엘 듯이 몹시 찬바람.
- 명지바람: 보드랍고 화창한 바람.
- 모래바람: 모래와 함께 휘몰아치는 바람.
- 묏바람: 산에서 부는 바람.
- 문바람(門-): 문이나 문틈으로 들어오는 바람.
- 물바람: 강이나 바다 따위의 물 위에서 불어오는 바람.
- 미친바람: 일정한 방향도 없이 마구 휘몰아쳐 부는 사나운 바람.
- 바깥바람: 바깥에서 부는 바람이나 바깥 공기.
- 바닷바람: =해풍(海風)
- 박초바람(舶趠-): 배를 빨리 달리게 하는 바람이라는 뜻으로, 음력 5월에 부는 바람.
- 밤바람: 밤에 부는 바람.
- 뱃바람: 배를 타고 쏘이는 바람.
- 벌바람: 벌판에서 부는 바람.
- 벼락바람: 갑자기 휘몰아치는 바람.
- 봄바람: 봄철에 불어오는 바람.
- 불바람: 타오르는 불길에 싸여 휘몰아치는 바람.
- 비바람: 비가 내리면서 부는 바람.
- 산들바람: 시원하고 가볍게 부는 바람.

- 살랑바람: 살랑살랑 부는 바람.
- 살바람: 좁은 틈으로 새어 들어오는 찬바람 또는 초봄에 부는 찬바람.
- 새벽바람: 날이 샐 무렵에 부는 찬바람.
- 색바람: 이른 가을에 부는 선선한 바람.
- 샛바람: 뱃사람들의 은어로, '동풍(東風)'을 이르는 말.
- 서늘바람: 첫가을에 부는 서늘한 바람.
- 서릿바람: 서리가 내린 아침에 부는 쌀쌀한 바람.
- 선들바람: 가볍고 시원하게 부는 바람.
- 소릿바람: 소리가 나간 뒤에 그 결과로 일어나는 바람.
- 소소리바람: 이른 봄에 살 속으로 스며드는 듯한 차고 매서운 바람.
- 소슬바람(蕭瑟-): 가을에, 외롭고 쓸쓸한 느낌을 주며 부는 으스스한 바람.
- 손바람: 손을 흔들어서 내는 바람.
- 솔바람: 소나무 사이를 스쳐 부는 바람.
- 솔솔바람: 부드럽고 가볍게 계속 부는 바람.
- 아랫바람: 아래쪽에서 불어오는 바람 또는 연을 날릴 때 '동풍 (東風)'을 이르는 말.
- 앞바람: =마파람
- 연바람(鳶-): 연을 날리기 좋게 알맞게 부는 바람.
- 옆바람: 배의 돛에 옆으로 부는 바람.
- 올바람: 바람이 많이 부는 철에 앞서 부는 바람.
- 왜바람(倭-): 방향이 없이 이리저리 함부로 부는 바람.
- 윗바람: 겨울에, 방 안의 천장이나 벽 사이로 스며들어 오는 찬바람
- 입바람: 입으로 불어 넣는 공기 또는 입으로 불어서 일으키는 바람.
- 자개바람: 요란한 소리를 내며 **빠르게** 일어나는 바람.

- 잔바람: 잔잔하게 부는 바람.
- 짠바람: 바다에서 불어오는 소금기를 품은 바람.
- 찬바람: 냉랭하고 싸늘한 바람.
- 틈바람: 틈으로 새어 드는 바람.
- 하늬바람: 서쪽에서 부는 바람. 주로 농촌이나 어촌에서 이르는 말.
- 해걷이바람: 해 질 녘에 부는 바람.
- 황소바람: 좁은 틈으로 세게 불어 드는 바람.
- 흘레바람: 비를 몰아오는 바람.
- 흙바람: 흙가루를 날리며 부는 바람.

총 89개의 바람 이름 중에서 대여섯 개를 제외하고는 모두 고유어로 지어진 이름들이다. 바람의 종류가 이토록 많은 것도 놀랍지만, 그것들 중에 고유어가 많다는 것도 참 특기할 만하다.

2015년 예산 수덕사에서 템플스테이(절 숙박)를 한 적이 있다. 그때 주지이신 정묵 스님에게서 좋은 글귀 한 마디를 얻었다.

'꽃향기는 바람을 거스르지 않는다.'

바람이 흐르는 대로 욕심 없이 여유롭게 살라는 뜻이 아닐까 한다. 바람과 함께 동행하는 삶, 이 또한 인생에서 한 편의 좋은 인연이 되리라 믿는다.

21 자모음 놀이, 팬그램과 리포그램

자음과 모음을 가지고 하는 놀이에 '팬그램(Pangram)'과 '리포그램(Lipogram)'이 있다. 이는 원래 알파벳으로 하던 놀이에서 유래된 것으로 우리의 자음과 모음으로도 가능하다.

팬그램은 기원적으로는 알파벳의 모든 글자를 사용해서 만든다. 영어 알파벳으로 'Pack my box with five dozen liquor jugs'처럼 쓴 경우를 말한다. 우리의 자음과 모음으로도 팬그램을 만들어 보자.

다음과 같은 것들이 자음 14개를 모두 사용해 만든 문장들이다.

- 탱크 파헤쳐서 뭐, 닭 잡니?
- 닭 콩팥 훔친 집사
- 첫 흙 담은 팥쥐 컵
- 좋게 컵 읊던 첫 팀
- 해태 옆 치킨 집 닭 맛
- 코털 팽 대감네 첩 좋소.
- 닭 잡아서 치킨파티 함

- 다람쥐 헌 쳇바퀴에 타고파
- 그녀도 초코레몬셔벗 파티 좋아해
- 만세 외치다가 코피 터질 바흐
- 그녀 파티에 참석한 키다리 부자
- 호두 팥죽을 삼킨 첩

초성에 자음 14를 순서에 맞춰 사용할 수도 있는데, '그 늙다리만 본선에 진출케 투표해6)'처럼 가능하기도 하다. 원래 팬그램은 글꼴 샘플을 보여주거나 장비를 시험 삼아 운영해 볼 때 이용하기 위해서 만든 것이라 한다. 그러나 이를 교육에서 적절하게 활용하면 생각하는 힘을 키울 수 있는 방법이라 할 수 있다.

이에 반해 리포그램은 이른바 '통제된 글쓰기'의 일종으로, 어떤 언어 체계에서 이용되는 기호 중 특정 기호의 배제를 전제로 글을 쓰는 것을 말한다. 대체로 리포그램으로서의 의미를 지니기 위해 빈번히 쓰이는 기호(음운)를 빼는데, 예를 들어, 영어에서 가장 빈도수가 많은 'e'를 빼고 글을 지어 보는 것이다. 미국의 작가 어니스트(Ernest Vincent Wright)는 'e' 없이 무려 5만여 개의 어휘로 구성된 소설을 쓴 것으로도 유명하다.

국어에서는 가장 빈도수가 많은 자음 'ㅇ'을 빼고 쓰는 경우가 이에 해당된다. '작년 그 무렵, 철수가 한 그 작태는 모두를 놀라게 했던 사건들로 처리된다.'처럼 쓴 것이 그 예이다.

---

6) 네이버 블로거 박상윤 씨가 지은 것이다.

팬그램과 리포그램은 교육에 활용하면 큰 효과를 볼 수 있다. 우선 재미도 있지만, 창의력을 신장시키는 데, 더더욱 큰 역할을 할 수 있기 때문이다. 이제 우리 심심할 때, 팬그램이나 리포그램을 해보자. 재미가 솔솔 나면서 머리에 쥐도 날 것이다.

22 표준발음 중 몇 개

한 나라에서 공용어로 쓰는 언어의 말소리를 규정한 규범이 '표준발음법'이다. 교양 있는 사람들이 두루 쓰는 현대 서울말의 실제 말소리 중에 여러 형태의 발음이 있을 경우, 국어의 전통성과 합리성을 고려하여 정한 규정이다.

그런 표준발음법 중에서 우리가 흔히 틀리는 몇 개를 기술하고자 한다.

먼저 구개음화와 관련된 발음이다. 구개음화란 '같이'를 [가치]로 발음하는 것처럼, 구개음('ㅈ·ㅉ·ㅊ'처럼 혀와 경구개 사이에서 나는 소리)이 아닌 자음이 모음 'ㅣ'나 반모음 'ㅣ' 앞에서 구개음으로 변하는 현상을 말한다. 그 중에서 특히 발음에 유의할 것은 '굳이어'의 발음이다. '굳이'는 구개음화로 인해 [구지]로 발음한다. 선행어 받침의 'ㄷ'이 뒤의 '이'를 만나면서 [구지]로 발음한 것이다.

그런데 '곧이어'의 경우도 이와 같은 음운론적 환경이라 생각하기 쉽다. 그러나 '곧이어'의 경우는 '곧'과 '이어'라는 실질적 의미를 지닌 부사 둘이 합쳐진 합성어(부사)이다. 따라서 겉으로 보기에는 띄어쓰지 않고 붙어있으나, 암묵적으로 언중들의 의식 속에는 이 두 단어 사이에 휴지(休止)가 있다고 생각한다. 따라서 '곧이어'에서는 구개음화가 일어나지 않고, 연음법칙이 일어나 [고디어]가 맞는 것이다.

다음은 유음화와 관련된 발음이다. 유음화란 '신라/윤리'가 [실라]/[율리]로 발음하는 것처럼, 'ㄴ'이 'ㄹ'의 앞이나 뒤에서 'ㄹ'로 변하는 현상을 말한다. 여기에서도 비슷한 음운론적 환경이지만, 달리 발음하는 몇 개가 있다. 바로 '동원령'과 '음운론'이다. 이들도 '신라, 윤리'와 비슷한 환경이지만, 표준발음은 [동:원녕], [으문논]이 옳다. 이 또한 '곧이어'처럼 한자어의 결합 중 나타나는 휴지(休止)에서 비롯된 것이다.

마지막으로 표준발음 중에 복수로 인정되는 경우가 있어 소개한다. 국립국어원에서 2017년 3/4분기에 새로 인정한 표준발음을 공표하였는데, 이를 중심으로 알아보겠다.

- 효과(效果) – [효:과], [효:꽈],
- 맛있다 – [마딛따], [마싣따],
- 김밥 – [김:밥], [김:빱],
- 관건(關鍵) – [관건], [관껀],
- 불법(不法) – [불법], [불뻡],
- 강약(强弱) – [강약], [강냑]

- 반값 – [반:갑], [반:깝]
- 안간힘 – [안간힘], [안깐힘]
- 함수(函數) – [함:쑤], [함:수],
- 영영(永永) – [영:영], [영:녕]
- 의기양양(意氣揚揚)– [의:기양양], [의:기양냥]
- 점수(點數) – [점쑤], [점수]
- 교과(敎科) – [교:과], [교:꽈]
- 인기척 – [인기척], [인끼척]

정확한 발음은 정확한 의사 전달을 위해 필수적이다. 그래도 최근에는 언중들의 발음 현상을 많이 인정하여 국립국어원에서 복수 발음을 인정하는 추세이다. 그러나 이러한 현상이 자주 일어난다는 것은 결코 바람직하지 못하다. 왜? 바로 음운법칙에 대한 예외 현상이 많이 나타나기 때문이다. 언중들의 시대적 흐름을 거스를 수는 없으나, 이에 대해 엄정하고 원칙을 고수하는 자세가 필요한 요즈음이다.

23 남북한 축구 용어

4년마다 열리는 세계인의 축제, 축구 월드컵은 분산된 국민들을 하나의 공동체로 뭉치게 하는 구심점일 뿐만 아니라, 전 세계를 흥분의 도가니 속으로 불어넣는 축제임은 틀림없다. 2018년 러시아 월드컵은 한반도에 일어나는 화해와 소통의 국제적 분위기에 편승해 치러진 대회라 더 뜻깊은 대회이기도 했다.

비록 반쪽인 남측만 참가하였지만, 남북은 하나였고 통일에 대한 열망을 부추기는 분위기가 조성되었다. 축구는 만국의 스포츠인데, 축구 관련 용어가 제각각인 것은 사실이다. 남북의 경우도 이러한데, 미래 통일된 모습과 소통을 염두에 두고 이를 분석하고 정리할 필요가 있다.

따라서 남북의 축구 용어는 각각 어떤 모습을 지니고 있는지 알아보았다.7)

---

7) 남북 축구 용어는 블로그 글동무(http://me2.do/Ftfcr8D2), 동주르이야기(http://blog.naver.com/dongjuru70) 참조하고, 각 용어에 대해 『표준국어대사전』(국립국어원)에서 확인하였다.

- 감독: 책임감독(책임지도원)
- 골포스트(Goal post): 축구문
- 골키퍼(Goalkeeper): 문지기
- 골든골(Golden goal): 금골
- 공격진영: 공격마당
- 골키퍼의 허를 찌르는 골: 통골
- 다이렉트 킥(Direct kick): 단번 때리기
- 단독 드리블: 단독돌입
- 드리블(Dribble): 공몰기
- 라이트 윙(Right wing): 오른쪽 날개
- 레드카드(Red card): 퇴장표
- 레프트 윙(Left wing): 왼쪽 날개
- 미드필드(Midfilder): 중간 방어수
- 멀티플레이어(Multi-player): 팔방돌이
- 바나나킥(Banana kick): 깎아차기
- 센터 포워드(Center forward): 중앙공격수(가운데몰이꾼)
- 수비수: 방어수
- 스로인(Throw-in): 던져 넣기
- 옐로카드(Yellow card): 경고표
- 오버헤드킥(Over head kick): 머리 넘겨차기
- 오프사이드(Off side): 공격 어김
- 월드컵: 세계축구선수권대회
- 체스트패스(Chest pass): 가슴연락
- 추가시간: 주심시간
- 코너킥(Corner kick): 구석차기/모서리공
- 코치(Coach): 감독(지도원)
- 코너플랙(Cornerflag): 구석깃발
- 크로스바(Crossbar): 가로막대
- 크로스(Cross): 중앙으로 꺾어차기

- 킥오프(Kickoff) : 첫차기
- 태클(Tackle): 다리걸기
- 트래핑(Trapping): 멈추기
- 패스(Pass): 연락
- 패널티킥(Penalty kick): 11메터 벌차기
- 프리킥(Free kick): 벌차기
- 핸들링(Handling): 손다치기
- 헤딩(Heading): 머리받기
- 협력수비: 에워싸기
- 홈그라운드(Home grounds): 자기 마당

통상 외래어를 수용할 때, 몇 가지 방식이 있다. 원어의 원형을 그대로 받아들이는 차용이 있고, 그 원어의 의미를 자국어로 번역해 받아들이는 차용이 있다. 이를 각각 '음역차용', '번역차용'이라 한다. 예를 들어 'Play'를 '플레이'로 받아들이면, 음역차용, '놀이'로 받아들이면 번역차용인 것이다.

그럼 위의 경우를 살펴보자. 남한의 경우는 대다수가 음역차용을 택하고 있다. 반면에 북한은 번역차용을 택하고 있다. 양측의 기본적인 차이는 대다수가 여기에서 비롯된 것이다. 각각 차용 방식에 일장일단은 있다. 남측의 경우는 국제화의 장점이 있고, 북측의 경우는 이해의 용이성이라는 장점이 있다.

차용을 하되, 어떤 원칙을 고려할 필요가 있다. 일단 원어보다 글자 수가 적게 하여 경제성을 살려야 할 것이고, 언중들이 이해가 쉬울수록 좋을 것이다. 우리도 이 두 가지를 염두에 두고 축구 용어를 정리하거나 재정비할 필요성을 느낀다. 이것이 미래에 다가올 통일 한국을 이루는 초석이 될 수 있기 때문이다.

24 춘향전 다시 보기

조선 후기 탐관오리의 행태를 고발하고, 신분을 초월해 지고지순한 청춘 남녀의 사랑을 그린 판소리계 소설 『춘향전』은 우리 문학의 백미로 인구에 회자된다.

특히 이 소설은 세계에도 많이 알려진 대표적인 우리 문학이다. 최근에는 일본의 만화 창작 집단 '클램프'에서도 『신 춘향전』이라 하여 재현되기도 했고, 1901년에는 대만에서 신문에 무협지 스타일로 각색되어 연재되었다고 한다. 1892년에는 프랑스에서 『향기로운 봄』이라는 제목으로 출간되었는데, 당시 프랑스 유학길에 오른 홍종우 씨가 번역하였다고 한다. 우리 문학 작품 중 세계에 알려진 최초의 번역 작품으로 유명하다.

이러한 춘향전도 이것저것 살펴보면 스토리와 플롯에서 허점이 얼마간 발견된다.

첫째, 이몽룡은 남도 암행어사 임명을 받고 남원 고을로 내려온다. 거지꼴로 내려오면서 춘향의 고초를 주민들에게 듣고, 장모인

월매에게 찾아가 자신의 형편없는 몰골을 보여준다. 거지처럼 행색을 하면서. 저녁에는 옥중의 춘향에게도 찾아간다. 거지꼴의 이몽룡을 보고 낙심이 컸겠으나, 춘향은 몽룡의 모습을 본 자체에 만족한다. 그러나 여기서 잠깐! 만약 낙심이 너무 큰 나머지 춘향이가 더 이상 바랄 희망이 없어져 자살을 선택했으면 어쩔 것인가. 오매불망 크게 성공해서 찾아올 임을 기다렸던 춘향의 상심으로 장판(長板)이라는 형구-목에 찬 칼-로 못된 맘먹고 자살을 선택했더라면……. 따라서 옥중 면회 때에 춘향에게는 자기의 신분을 미리 알려줬더라면 하는 생각이다.

둘째, 암행어사 출두 이후도 그렇다. 출두 후 대령한 춘향이를 두고, 마지막으로 다시 한 번 춘향의 지조를 확인하는 절차가 있다. 변사또의 수청을 거절했지만, 어사또인 자신의 수청도 거절하겠느냐고 묻는다. 이에 춘향은 '초록은 동색이오, 가재는 게 편'이라면서 변사또와 어사또가 같은 무리임을 비꼰다. 그러면서 자신은 '이부(李夫-이몽룡 지칭)'를 섬기고 있음을 설파한다. 그러자 몽룡은 여기서 마지막으로 한 번 더 시험 삼아 말장난을 한다. '이부(二夫)를 섬기면서 어찌 열녀라 할 수 있겠느냐?'하고 되묻자, '두 이(二)자가 아니라 오얏 이(李)자'라고 당당하게 말한다. 죽음을 목전에 두고 낙심한 춘향에게 이차 삼차 정절을 확인하는 모습 속에서 과연 이몽룡은 지아비로서 자격이 있을까 되묻고 싶다.

작중 인물인 이몽룡은 실존 인물이었다는 설(춘향전의 이몽룡은 실존 인물이었다? 〈뉴스1〉 2018.1.25. 박창욱 기자)이 있다. 이 기

사문을 참고하면, 남원 부사 성안의(1561~1629)의 아들 성이성(1595
~1664)이 바로 그 인물이라는 것이다. 그는 아버지와 함께 13세부
터 17세까지 남원에서 살다가 33세에 과거 급제 후 암행어사로 활
약하며 남원에 들렀다는 것이다.

또 남원 지역에는 〈남원 추녀설화〉가 현재도 전하고 있는데, 너
무나 못생겨서 한 낭군을 그리워만 하다가 상사병으로 죽은 추녀
이야기가 있다. 그녀의 한을 위로하고자 춘향전의 내용을 반전 시
켜 만들었다는 설이 있기도 하다.

실존 인물이든 그렇지 않든 그것이 중요하지는 않다. 사랑하는
임을 진심으로 아끼고 사랑하며 믿어주는 자체가 가장 소중한 것이
아닐까 한다. 이몽룡과 춘향이의 사랑은 신분을 초월한 애틋함이
있어 감동적이지만, 그 내용 속에 이러한 허점이 있음을 파헤쳐 보
는 것도 춘향전을 바라보는 또 다른 재미라 할 수 있다.

25 두음전환(頭音轉換, 스푸너리즘) 현상

두 단어의 초성을 서로 바꾸어 발음하는 현상을 우리말로 '두음전환(頭音轉換)'이라 하고, 영어로 'Spoonerism(스푸너리즘)'이라 한다. 이 현상은 넓게 '음운 도치'에 해당된다. 영어 '스푸너리즘'의 유래가 참 재미있는데, 옥스퍼드 뉴 칼리지대학 학장이었던 윌리엄 아치볼드 스푸너(William Archibald Spooner)가 이런 종류의 말실수를 자주 해서 붙여진 이름이다.

우리도 일상생활에서 이런 실수를 줄곧 저지르는데, 그러한 예들을 몇 제시하면 다음과 같다. ( )안 표현이 정확한 표현이다.

- 치톤피드(피톤치드)
- 식류성 역도염(역류성 식도염)
- 정비 장비(장비 정비)
- 직접회로(집적회로)
- 치자 피즈(치즈 피자)
- 간장님, 사장게장 드세요.(사장님, 간장게장 드세요.)

- 치킨 타월(키친 타월)
- 통치 꽁조림(꽁치 통조림)
- 야치 참채(야채 참치)
- 노인 코래방(코인 노래방)
- 멸린 말치(말린 멸치)

이러한 현상에 대해 언어학자나 심리학자들은 인간의 머릿속에 심리적인 실체로서 음절이 존재한다는 유력한 증거로 삼는다. 이러한 현상이 음절 단위의 동일한 위치에서 생기기 때문이다. 그러고 보니, 인간의 사고라는 것이 복잡다단할 뿐만 아니라, 이런 것까지 상시 기억하고 있으니, 정말 대단하다.

일상생활에서 급하게 표현하고자 할 때 이런 현상이 자주 등장한다. 이를 통해 한 번 대화자끼리 웃으면 다행이다. 이를 문제 삼아 비웃거나 조롱거리로 삼는다면 사회가 너무 메마른 것이 아닐까 한다.

문학작품 속에서 때론 이를 유머에 활용하기도 한다. 『춘향전』에서 암행어사가 출두할 때, 변학도가 내뱉은 말이 대표적인 경우이다. 말실수를 하면서 여유롭게 즐길 수 있고, 말하면서 웃을 수 있는 세상, 이것이 우리가 꿈꾸는 **미망찬 희래**가 아닐까?

26 '눈[雪]'을 이르는 우리말들

과거 언어학자들의 연구에 의하면, 에스키모 인들은 눈[雪]의 종류가 무려 오십여 가지라 했다. 그러면서 사물이나 현상을 다양하게 표현하는 인간의 사고에 대해 인식의 차이가 있음을 주장하였다. 그러나 최근의 연구에 따르면, 눈을 여러 종류로 나누었다고 하여도 사물을 인식하는 인간의 사고는 같다는 것이 중론이다.

그야 어쨌든 눈을 지칭하는 명칭이 많다는 것은 눈이 생활 속에 밀접하다는 증거이고, 이를 표현함은 각 언어의 풍부함과 관련 있어 보인다. 우리나라도 사계절이 뚜렷하여 매년 석 달가량은 눈이 내리는 지역이다. 우리말 속에서 눈을 일컫는 말들은 어느 정도이고, 지칭어의 언어적 양상은 어떤지 가나다 순으로 알아보았다.

1) 가랑눈: 조금씩 잘게 내리는 눈.
2) 가루눈: 가루 모양으로 내리는 눈. 기온이 낮고 수증기가 적을 때 내린다.
3) 길눈: 한 길이 될 만큼 많이 쌓인 눈.
4) 눈꽃: 나뭇가지 따위에 꽃이 핀 것처럼 얹힌 눈.

5) 눈보라: 바람에 불리어 휘몰아쳐 날리는 눈.

6) 도둑눈: 밤사이에 사람들이 모르게 내린 눈. =도적눈.

7) 마른눈: 비가 섞이지 않고 내리는 눈.

8) 만년눈(萬年-): =만년설.

9) 묵은눈: 쌓인 눈이 오랫동안 녹지 아니하고 얼음처럼 된 것.

10) 발등눈: 발등까지 빠질 정도로 비교적 많이 내린 눈.

11) 밤눈: 밤에 내리는 눈.

12) 봄눈: 봄철에 오는 눈.

13) 사태눈(沙汰-): 사태로 무너져 내리는 눈.

14) 새눈: 낮에만 잘 보이는 눈.

15) 생눈: 내린 뒤에 밟지 아니하여 녹지 아니한 채로 고스란히 있는 눈.

16) 설눈: 설날에 내리는 눈.

17) 소나기눈: 갑자기 세차게 쏟아지다가 곧 그치는 눈.

18) 쇠눈: 쌓이고 다져져서 잘 녹지 않는 눈.

19) 숫눈: 눈이 와서 쌓인 상태 그대로의 깨끗한 눈.

20) 싸라기눈: 빗방울이 갑자기 찬바람을 만나 얼어 떨어지는 쌀알 같은 눈. =싸라기

21) 우박(雨雹): 큰 물방울들이 공중에서 갑자기 찬 기운을 만나 얼어 떨어지는 얼음덩어리 눈.

22) 자국눈: 겨우 발자국이 날 만큼 적게 내린 눈.

23) 잣눈: 많이 쌓인 눈. =척설(尺雪).

24) 진눈깨비: 비가 섞여 내리는 눈.

25) 첫눈: 그해 겨울에 처음으로 내리는 눈.

26) 포슬눈: 가늘고 성기게 내리는 눈.

27) 풋눈: 초겨울에 들어서 조금 내린 눈.

28) 함박눈: 굵고 탐스럽게 내리는 눈.

이상처럼 우리말에 하늘에서 내리는 눈을 지칭하는 명칭은 모두 28개였다. 에스키모 인들의 오십여 가지보다는 못하지만, 이 정도면 우리도 눈에 관해서 일가견이 있을 만하다. 쌓이는 정도나 양, 시기, 모양 등으로 나누어 세분화하였다. 그 중에는 소담스럽고 아름다운 표현들이 꽤 있다. 가랑눈, 눈보라, 새눈, 쇠눈, 숫눈, 잣눈, 포슬눈, 풋눈, 함박눈 등. 기껏해야 일상생활에 사용하는 눈 명칭이 '진눈깨비, 싸라기눈, 함박눈, 첫눈'처럼 불과 몇 단어인데, 언중들이 사용의 폭을 넓혀 우리말의 풍부함을 만끽하면 어떨까 하는 생각이 든다.

27 심청전 다시 보기

판소리계 소설의 대표작 『심청전』 하면 대뜸 생각이 심청의 효심에 탄복하고 뺑덕어멈의 교활함에 손가락질을 할 것이다. 그런데 다소 엉뚱하지만, 여기서 다시 생각해보자. 우리가 너무나 잘 알고 있는 『심청전』이지만, 이 소설 속에 허점이 많다.

첫째, 물에 빠진 심 봉사를 구해 주고 공양미 300석을 제시해 현혹시킨 스님은 희대의 사기꾼이다. 과학적으로 불가능한 사실을 유포해 거금을 착복했으니 말이다.

둘째, 심청의 효도 방법이 아주 잘못되었다. 효도에 대해 공자는 『효경(孝經)』에 이르기를 '身體髮膚 受之父母, 不敢毀傷 孝之始也. 立身 行道 揚名於後世, 以顯父母 孝之終也.(사람의 신체와 터럭과 살갗은 부모에게서 받은 것이니, 이를 감히 손상시키지 않는 것이 효의 시작이요. 몸을 세워 도를 행해 후세에 이름을 드날려 부모님을 드러내 드리는 것이 효도의 마침이다.)'라 하였다. 특히 부모보다 먼저 저세상을 가는 것은 불효 중에서도 가장 큰 불효라 했다. 그래서 자식이 먼저 죽으면 가슴에 묻는다고 하지 않던가? 그런데 심청은 아버지의 눈을 뜨게 한다는 미명 아래 죽음을 선택하는 불효를 저질렀다.

셋째, 심청이 왕비가 된 후, 심 봉사를 찾기 위해 전국의 봉사를 초청하는 잔치 마당을 연다. 그러나 이 또한 어불성설이다. 자신의 살신성인으로 공양미 300석을 통해 아버지가 개안(開眼)했을 것이라 믿었어야 한다. 그렇다면 당연히 봉사를 불러 초청할 일이 아니다. 왜? 당연히 심 봉사는 더 이상 봉사가 아니기 때문이다.

넷째, 심청이 왕비가 되었지만, 정작 아버지를 찾고자 한다면, 직접 아버지가 계신 곳으로 가야 옳다. 물론 사람을 시켜 아버지를 찾으려 노력하지만, 효녀로서는 못할 짓이다. 아무리 왕비라는 지위라도 응당 아버지를 몸소 찾아가야 참 행실이다.

다섯째, 진정으로 아버지를 찾고자 한다면, 봉사 초청 잔치에 마감일을 두어서는 안 된다. 심 봉사는 잔치에 참석하고자 상경하지만, 동행하던 뺑덕어멈이 딴 사람과 눈이 맞아 도망간 후 겨우 마감일에 닫으려는 문을 박차고 도착한다. 만약 기일 내에 도착하지 못했으면 어찌했을 것인가? 잔치 마감일을 정할 것이 아니라, 아버지를 찾을 때까지 잔치는 지속되었어야 한다.

여섯째, 뱃사람들의 인신매매 죄 또한 천벌을 받을 짓이다. 사람을 재물로 삼아 무사운행을 꿈꾸던 그들은 천인공노(天人共怒)할 죄를 지은 것이다. 당시의 상도덕이 이렇다면 문제가 아닐 수 없다.

이상의 이야기를 억측이라 주장할 수도 있겠다. 그러나 우리가

당연하게 받아들이는 것도 다시 한 번 생각해보면 이런저런 허점이
발견된다. 세상을 있는 그대로 사는 것보다 때론 엉뚱하게 반대로
생각하며 사는 인생, 이 또한 남다른 묘미를 느낄 수 있다. 때론 정
도를 벗어난 엉뚱함, 이것이 새로운 활력소가 되니까 말이다.

28 사용 빈도수가 대등한 동의어들

유의어가 있고, 동의어가 있다. 말 그대로 '비슷한 말'과 '같은 말'이다. 엄밀하게 100% 같은 말은 존재하기 어렵다는 것이 언어학자들의 중론이다. 그러나 동의어의 성격이 강한 단어들이 몇 있다. 여기에서는 우리말 언중들의 사용빈도수가 대등할 정도로 사용하는 동의어 몇을 언급하고자 한다.

- 헷갈리다 : 헷갈리다

'마구 뒤섞여 분간할 수가 없다.'는 뜻의 '헷갈리다'가 있다. '헷갈리다'와 거의 동의어 관계에 있다. 후자인 '헷갈리다'가 '정신을 차리지 못하다.'라는 뜻이 더 있지만, 언어사회에서는 구분 없이 사용되는 편이다.

- 금슬 : 금실

'금실'은 원말 '금슬(琴瑟)'에서 간 말이다. '금슬'은 한자성어 '금슬지락(琴瑟之樂)'의 준말로, '부부간의 사랑'을 일컫는다. 이 두 단어는 100% 동의어 관계이다.

● 봉숭아 : 봉선화(鳳仙花)

한해살이풀로 곧게 서며 살이 찌고 밑에는 마디가 있으며, 붉은 꽃을 피운다. 다 아는 바처럼 백반이나 소금 따위를 함께 찧어 손톱을 붉게 물들이기도 한다. 이 두 단어는 고유어와 한자어 관계로 완전한 동의어이다.

● 길라잡이 : 길잡이

'길을 인도해 주는 사람이나 사물'을 말한다. 어원적으로 『어록해(초간본)』(1657년)에 '길잡이'가 '길자비'로 먼저 나오는 것으로 미루어, '길라잡이'보다 '길잡이'가 형(兄)이다.

● 잇달아 : 잇따라

'잇달아'는 앞에 목적어가 온 상태에서 '일정한 모양이 있는 사물을 다른 사물에 이어서 달다.'라는 의미로 쓰이거나 목적어 없이는 '잇따르다'의 뜻으로 쓰인다. '잇따라'는 자동사로 앞에 목적어를 두지 않으며, '뒤를 이어 따르다.'는 뜻으로 쓰인다. '잇달아'가 자동사와 타동사의 두 기능을 다 가지지만, 통상 일상생활에서는 두 단어를 큰 구분 없이 동의어로 사용한다.

- 히로뽕 : 필로폰

'히로뽕'은 일본어 'Hiropon'에서 유래한 말이고, 필로폰은 영어 'Philopon'에서 온 말이라는 차이만 있을 뿐, 100% 동의어이다. 환각 증세를 나타내는 마약의 일종이다.

- 꾀었다 : 꼬였다

'벌레 따위가 한곳에 많이 모여들어 뒤끓거나 사람이 한곳에 많이 모인 것'을 일컬어 '꼬이다'라 하고, 이를 줄여서 '꾀다'로 쓴다. '꼬이다'에 과거 시제 선어말어미 '-었-'이 붙으면 '꼬이었다' 또는 이를 줄여 '꼬였다'로 쓰고, '꾀다'에 과거 시제 선어말어미 '-었-'이 붙으면 '꾀었다'가 된다. 따라서 두 단어는 완전한 동의어 관계이다.

- 공(空) : 영(零)

숫자 '0'을 일컫는 두 단어가 동의어이다. 두 단어 모두 한자어로, 거의 대등하게 대체가 될 정도로 사용한다.

- 곶 : 갑(岬)

두 단어는 고유어와 한자어의 관계로 완전한 동의어이다. '바다 쪽으로 좁고 길게 뻗어 있는 육지의 끝 부분'을 뜻한다.

● 재래시장 : 전통시장

두 단어 모두 한자어로 동의어이지만, 후자인 '전통시장'은 흔히
쓰면서 아직 사전에 등재되지는 않았다.

● 구명동의 : 구명조끼

구명동의(救命胴衣)와 구명조끼(救命조끼)는 전자가 한자어인 반
면, 후자는 한자어와 고유어가 함께 쓰인 혼종어(混種語)이다. 뜻이
같은 동의어지만, 사용 빈도수는 후자가 좀 높은 편이다.

● 오누이 : 남매(男妹)

이 두 단어도 고유어와 한자어 관계로 완전한 동의어이다.

동의어가 많다는 것을 어떻게 보아야 할까? 표현의 다양성 측면
에서는 바람직하지만, 지칭하는 표현이 여럿이라는 것은 혼동을 초
래할 수도 있다. 언어를 막 배우는 어린 아이나 외국인들은 힘들겠
지만, 막상 동의어를 터득한 후에는 표현에 큰 불편은 없다. 그냥
이대로, 화자가 쓰고 싶은 것을 골라 쓰면서 사는 언어생활, 그 또
한 무엇이 문제이겠는가?

29 속담 속의 동물들

우리말 속담에서 흔히 등장하는 동물들은 무엇일까? 우리는 태어난 해를 '띠'라 하여 십이 간지(干支) 동물로 표현한다. 우리 속담 속에는 특히 이와 관련된 것들이 많다. 이를 살펴봄으로써 우리 선조들의 동물관이 어떤지 알아보고자 한다.

≫ 소

'소 잃고 외양간 고친다, 소도 언덕이 있어야 비빈다, 소 뒷걸음질 치다 쥐잡기, 소 닭 보듯, 소가 크면 왕 노릇 하나, 소같이 벌어서 쥐같이 먹어라, 소 궁둥이에다 꼴을 던진다, 소더러 한 말은 안 나도 처(妻)더러 한 말은 난다, 소한테 물렸다.' 등이 있다. 소의 우둔함, 강직함, 근면성, 순수성이 강조되는 속담들이다.

속담은 아니지만, '벽창호'라는 말이 있다. 이는 한자어 '벽창우(碧昌牛)'에서 유래한 말로, '평안북도 벽동(碧潼), 창성(昌城) 지방에서 나는 소가 크고 억세며 고집이 세다' 해서 비롯된 말이다. 흔히 '- 같다'라는 꼴로 쓰이어 성질이 무뚝뚝하고 고집이 센 사람을 일컫는 데 쓴다.

≫ 뱀

'구렁이 담 넘어가듯, 뱀 본 새 짖어 대듯, 뱀이 용 되어 큰소리한다, 뱀을 그리고 발까지 단다, 굴 안에 든 뱀의 길이는 알 수 없다.' 등이 있다. 뱀의 습성, 형태 등에 관련된 속담들이다.

≫ 말

'게으른 말이 짐 탓한다, 말 갈 데 소 간다, 양천 원님 죽은 말 지키듯' 등이 있다. 말의 습성, 행위와 관련 된 것들이다.

≫ 양

'양가죽 천 개가 여우 가죽 한 개만 못하다, 양가죽을 뒤집어쓴 승냥이, 양 대가리 걸어 놓고 개고기 판다.' 등이 있다. 양은 순한 짐승으로 생각하지만, 이를 이용해 권모술수(權謀術數)와 관련된 현실을 빗대어서 표현할 때 사용하였다.

≫ 토끼

'토끼 둘을 잡으려다가 하나도 못 잡는다, 토끼가 제 방귀에 놀란다, 가는 토끼 잡으려다가 잡은 토끼 놓친다, 놀란 토끼 벼랑 바위 쳐다보듯' 등이 있다. 과거 흔했던 토끼를 우리 선조들은 쉽게 잡을 수 있다고 인지한 것으로 보인다. 또한 그 눈에서 비롯되어 잘 놀라는 습성과 관련되어 표현하였다.

≫ 쥐

'쥐구멍에도 볕 들 날 있다, 낮말은 새가 듣고 밤말은 쥐가 듣는다, 팥죽 단지에 생쥐 달랑거리듯' 등이 있다. 쥐의 크기, 야행성, 빠른 동작 등과 관련된 속담들이다.

≫ 호랑이

'호랑이도 제 새끼 귀여워할 줄 안다, 호랑이 담배 먹을 적 이야기다, 호랑이도 제 말 하면 온다, 호랑이에게 물려가도 정신만 차리면 산다.' 등이 있다. 무섭고 두려운 존재가 호랑이이다. 그래서 우리 선조들은 '산신령'이라고까지 칭하지 않았던가? 신령스러움을 담은 내용들이 많다.

≫ 용

'안 본 용은 그려도, 본 뱀은 못 그린다, 용도 여의주가 있어야 조화 부린다, 개천에서 용 난다.' 등이 있다. 호랑이와 마찬가지로, 신령스러운 존재가 용이다. 그러한 내용이 다분히 들어있다.

≫ 원숭이

'원숭이도 나무에서 떨어진다, 원숭이 밥 짓듯 한다, 원숭이 이 잡아먹듯.' 등이 있다. 상상의 동물인 용을 제외하고, 우리 땅에 실존하지 않는 동물이 원숭이이다. 우리 선조들에게 원숭이란 영악하고 인간 못지않은 존재이다. 그러한 관점이 고스란히 들어있다.

≫ 닭

'닭 잡아먹고 오리발 내놓기, 닭 쫓던 개 지붕만 쳐다본다, 꿩 대신 닭' 등이 있다. 닭은 섭취 대상의 성격이 강하다. 밝은 새벽을 알리는 기능도 있지만, 그래도 육류 섭취용의 성격이 그대로 드러난다.

≫ 개

'서당 개 삼 년에 풍월을 읊는다, 하룻강아지 범 무서운 줄 모른다, 개 못된 것은 들에 가서 짖는다.' 등이 있다. 우리 인간과 가장 근접하게 지내는 존재가 바로 개다. 그래서 가깝고도 친근한 존재이다. 그러한 생각이 속담 속에 담겨 있다.

≫ 돼지

'돼지 꼬리 잡고 순대 달란다, 돼지발톱에 봉숭아를 들인다, 큰집 잔치에 작은집 돼지 잡는다, 돼지에 진주 목걸이' 등이 있다. 고기의 대표 주자는 바로 돼지이다. 육류 섭취의 대상으로 흔히 생각하고 먹는 식성에만 연연하는 모습을 엿볼 수 있다.

≫ 기타 동물들

십이 간지 동물들 외에도 속담 속에 등장하는 동물들이 꽤 있다. '개구리 올챙이 적 생각 못 한다, 뛰어야 벼룩, 벼룩도 낯짝이 있다, 지렁이도 밟으면 꿈틀한다.'처럼 존재감과 관련되는 것이 있는가 하면, '미꾸라지 한 마리가 온 웅덩이를 흐린다.'처럼 미성숙한 존재를 탓하기도 한다. '고래 싸움에 새우 등 터진다, 고양이한테 생선을 맡기다.'처럼 낭패를 보는 경우를 빗대어 표현하기도 하고, '뱁새가 황새를 따라가면 다리가 찢어진다, 송충이는 솔잎을 먹어야 한다, 얌전한 고양이 부뚜막에 먼저 올라간다.'처럼 분수에 넘치는 행위를 탓하기도 한다.

'고슴도치도 제 새끼는 함함하다고 한다.'는 속담이 있다. 부모 눈에는 제 자식이 다 예뻐 보인다는 뜻이다. 그러나 생물학자의 의견을 빌리면, 고슴도치는 원래 혼자 생활을 주로 하며, 수컷은 전혀 새끼에 관심이 없고, 암컷만 몇 개월 새끼를 돌본다고 한다. 원래의 습성과는 달리 표현한 경우이다.

'꿩 먹고 알 먹기'처럼 이익 추구를 표현하기도 하지만, '새 발의 피'처럼 아주 하찮은 일이나 매우 적은 양을 뜻할 때도 쓰였다. 이 외에도 '자라 보고 놀란 가슴, 솥뚜껑 보고 놀란다.'처럼 무언가에 몹시 놀란 사람은 비슷한 사물만 보아도 겁낸다는 표현도 있다.

최근에는 인간에게 동물이 과거 가축이나 노동력 대체 존재로서가 아니라, 당당하고 떳떳하게 반려 생물체로 대접을 받는 시대이다. 이른바 펫(Pet) 산업이 시대를 활보하는 세상이다. 하나의 존재로 자리매김하는 것은 좋으나, 너무 과해 주종관계가 바뀌는 것 같다고 투덜대는 사람들이 있다. 인간과 동물, 각각이 서로의 존재를 인정하고 배려하는 자세가 필요한 요즈음이다.

30 한글 창제 이전의 우리말, 구결

1446년 한글이 탄생했지만, 그 이전에는 우리말을 어떻게 썼을까? 4세기 무렵 차용한 한자를 중심으로 의사표현을 했겠지만, 온전히 한자만 써서 표현했을까? 그렇지 않다. 물론 문장의 중심 되는 어휘는 한자를 썼다. 그러나 그 어휘들을 연결하는 어미나 조사 부분은 '구결(口訣)'(일명 입곁)이라는 것을 썼다. 그럼 그 모양은 과연 어떠했을까?[8]

ハ/只/ㄱ,기		且/艮/ㄱ		ㅿ/去/거	
*ナ/在/겨		口/古/고		人/果/과	
*小/彌/금		*十/中/긔		*亖/這/ス	
ㄱ/隱/ㄴ		乃/那/나		又/奴/노	
*卜/臥/누		ヒ/尼/니		*ヒ/飛/ㄴ	
*斤/斤/늘		*丨/之/다		丁/丁/뎌	
*彳/彼/뎌		刀/刀/도		*巴/邑/도로	
斗/斗/두		矢/知/디		攴/支/디	

---

8) 한국민족문화대백과(한국학중앙연구원)의 자료를 따왔다.

ㅿ/止/디	入, の/入/득	*冬/冬/둘
*厶/矣/딛	乙/乙/ㄹ	ㄹ/?/ಠ
四/羅/라	*灬/以/로	矛, 禾/利/리
솞/令/리	ㅎ/音/ㅁ	个/?/마
厼/彌/며	邑/邑/ㅂ	*火/火/ㅂ
ㄴ/叱/ㅅ	ㆍ/沙/사	一, 三/三/삼
*효/立/셔	二/示/시	*白/白/ಠ
帀/賜/ㅅ	*ㅅ/良/아	一, ㆍ/亦/여
*刂/是/이	弋/익	印/印/인
*之/之/익, 의	*步/第/자히	彡/齊/제
下/下/하	ノ, く/乎/호, 오	ㅎ/兮/히
*ㆍ/爲/ㆆ	*厶/令/ㅎ이	

(*는 뜻으로 읽음을 표시한다)

이 모습을 처음 접하는 사람은 마치 일본의 문자인 히라가나, 가타가나와 참 비슷하다고 생각할 수 있다. 우리의 구결과 일본의 가나가 한자의 일부분이나 초서체를 간략히 한 것에서 유래한 점은 같다. 그러나 자세히 보면 차이가 난다.

서로 모양을 비교해 보자. 이들은 모양이 비슷하지만 전혀 다른 음을 표시한다.

일본의 가나	우리의 구결
つ[tu]	ㄱ/隱/ㄴ
こ[ko]	二/示/시
ト[to]	*卜/臥/누
ソ[so]	*ㆍ/爲/ㆆ

예를 들어 우리의 구결로 음절을 만들어보면 다음과 같다. '하시니'는 'ㆍ ㆍ ㄴ ㅌ', '누며'는 'ㅏ ㅣ', '노리라'는 'ㅈ ㅓ ㅍ', '호니라'는 'ㅣ ㅌ ㅅ'처럼 썼다는 말이다. 한글 이전에 이러한 말이 통용되었음에 깜짝 놀라지 않을 수 없다. 이가 없으면 잇몸으로 산다는 말처럼 한글 이전에도 우리 선조들은 이렇게 우리말을 훌륭하게 구현했던 것이다.

31 벽자(僻字)의 면모들

흔히 쓰지 아니하는 까다로운 글자를 우리는 '벽자(僻字)'라 한다. 우리말의 음절 중에는 유독 쓰임이 적거나 까다로운 글자가 몇 있다. 그 글자의 면모들 들여다보려 한다. 단 외래어, 조사, 어미 등은 제외하고 한자어를 포함한 우리말을 중심으로 알아보겠다.

1. 끽

- 끽: 몹시 놀라거나 충격을 받아 급자기 새되게 외마디로 지르는 소리
- 끽하다: 흔히 '끽해야' 꼴로 쓰여, 할 수 있을 만큼 한껏 하다.
- 끽겁(喫怯): 잔뜩 겁을 먹음.
- 끽경(喫驚): 몹시 놀람.
- 끽고(喫苦): 몹시 고생을 겪음.
- 끽긴(喫緊)하다: 매우 중요하다.
- 끽다(喫茶): 차를 마심.
- 끽다점(喫茶店): 찻집

- 끽반(喫飯): 밥을 먹음.

- 끽반처(喫飯處): 겨우 먹고살아 갈 만한 자리

- 끽소리: '못 하다', '말다', '없다' 따위와 같이 부정이나 금지하
  는 말과 함께 쓰여, 아주 조금이라도 떠들거나 반항하려는 말
  이나 태도.

- 끽연(喫煙): 흡연

- 끽주(喫酒): 음주

- 끽착부진(喫着不盡): 먹을 것과 입을 것이 모자람 없이 넉넉함.

- 끽초(喫醋): 매일 초(醋)와 우유를 각각 한 통씩 먹어야 한다는
  사자를 아내에 비유하여, 아내의 질투를 이르는 말.

- 끽파(喫破): 다 먹어버림.

- 끽휴(喫虧): 손해를 입음.

2. 퍅

- 퍅: 가냘픈 몸이 갑자기 힘없이 쓰러지는 모양 또는 갑자기 성
  을 내는 모양.

- 강퍅(剛愎)하다: 성격이 까다롭고 고집이 세다.

- 암퍅(暗愎)하다: 성질이 엉큼하면서 까다롭고 고집이 세다

- 오퍅(傲愎)하다: 교만하고 독살스럽다.

- 한퍅(狠愎)하다: 성질이 고약하고 사납다.

3. 갹

- 갹금(醵金): 여러 사람이 각기 돈을 냄. 또는 그 돈.

- 걀음(釀飲)하다: 술추렴하다.
- 걀출(釀出): 같은 목적을 위하여 여러 사람이 돈을 나누어 냄.
- 걀출제연금(釀出制年金): 피보험자나 사용자에게 보험료를 일정 기간 거두어들였다가 내주는 연금.

4. 뱌

- 뱌비다: 두 물체를 맞대어 가볍게 문지르다. 어떤 재료에 다른 재료를 넣어 섞이도록 가볍게 버무리다. 구멍을 뚫기 위하여 송곳 같은 연장으로 손바닥 사이에 대고 이리저리 돌리다. 손바닥이나 손가락 사이의 물건을 둥글게 하거나 긴 가락이 지게 문지르다.
- 뱌비대다: 두 물체를 맞대어 잇따라 가볍게 마구 문지르다.
- 뱌비작거리다: 두 물체를 맞대어 잇따라 가볍게 문지르다. 구멍을 뚫기 위하여 송곳 같은 연장으로 잇따라 가볍게 이리저리 돌리다. 손바닥이나 손가락 사이의 물건을 둥글게 하거나 긴 가락이 지게 잇따라 가볍게 문지르다. 좁은 틈을 잇달아 헤집거나 비집다. 좋지 않은 상황을 이겨 내기 위하여 끈질기게 버티다.
- 뱌비치다: 두 개의 물건을 맞대고 마구 문지르다. 어떤 재료에 다른 재료를 넣고 섞이도록 가볍게 마구 버무리다. 구멍을 뚫기 위하여 송곳 같은 연장을 손바닥 사이에 대고 마구 이리저리 돌리다. 손바닥이나 손가락 사이의 물건을 둥글게 하거나 길게 가락이 지게 마구 문지르다.

- 뱌빗거리다: '뱌비작거리다'의 준말.
- 뱌슬거리다: 착 덤벼들지 않고 자꾸 슬슬 피하다.
- 뱌슬뱌슬: 착 덤벼들지 않고 계속 슬슬 피하는 모양.

5. 갸

- 갸륵하다: 착하고 장하다. 또는 딱하고 가련하다.
- 갸름하다: 보기 좋을 정도로 조금 가늘고 긴 듯하다.
- 갸름컁컁하다: 갸름하고 파리하다.
- 갸우듬하다: 조금 갸운 듯하다.
- 갸우듬히: 조금 갸운 듯이.
- 갸우뚱: 물체가 한쪽으로 약간 갸울어지는 모양.
- 갸우스름하다: 조금 갸울어진 듯하다.
- 갸울다: 비스듬하게 한쪽이 조금 낮아지거나 비뚤어지다. 비스듬하여 한쪽이 조금 낮거나 비뚤다.
- 갸울어지다: 비스듬하게 한쪽이 조금 낮아지거나 비뚤어지게 되다.
- 갸웃: 고개나 몸 따위를 한쪽으로 조금 갸울이는 모양.
- 갸자(架▽子): 음식을 나르는 데 쓰는 들것. 두 사람이 가마를 메듯이 하여 나른다.

6. 즈

- 즈런즈런하다: 살림살이가 넉넉하여 풍족하다.
- 즈음: 일이 어찌 될 무렵

● 즈음하다: 특정한 때에 다다르거나 그러한 때를 맞다.

7. 챠

● 챠조알리: 율무의 하나.

8. 켜

● 켜: 포개어진 물건의 하나하나의 층. 포개어진 물건 하나하나
의 층을 세는 단위. 노름하는 횟수를 세는 단위.

● 켜내다: 누에고치에서 실을 뽑아내다.

● 켜다: 등잔이나 양초 따위에 불을 붙이거나 성냥이나 라이터
따위에 불을 일으키다. 나무를 세로로 톱질하여 쪼개다. 현악
기의 줄을 활 따위로 문질러 소리를 내다.

● 켜떡: 켜를 지어 만든 떡.

● 켜줄눈쌓기: 성층 쌓기

● 켜켜로: 여러 켜를 이루어.

● 켜켜이: 여러 켜마다.

9. 먀

● 먀알먀알: 성질이나 태도가 쌀쌀하고 뻣뻣하다.

10. 삑

● 삑: 새, 사람 또는 기적 따위가 갑자기 매우 날카롭게 지르거나
내는 소리. 또는 여럿이 좁은 곳에 촘촘히 둘러 있는 모양.

● 삑삑거리다: 새, 사람 또는 기적 따위가 갑자기 매우 날카롭게 지르거나 내는 소리가 자꾸 나다.

● 삑삑이: 사이가 비좁을 정도로 촘촘하게. 국물이 적고 건더기가 많아서 퍽 되게.

● 삑삑하다: 사이가 비좁게 촘촘하다. 담뱃대나 담배물부리 따위의 구멍이 거의 막혀서 빨기가 매우 답답하다. 너그럽지 못하고 속이 좁다. 국물이 적고 건더기가 많아서 퍽 되다.

● 삑삑도요: 도욧과의 새. 몸의 길이는 23cm, 편 날개의 길이는 13~15cm이다. 등 쪽은 금속광택이 있는 검은 갈색에 흰 얼룩무늬가 있으며 아래쪽은 흰색, 멱과 목에는 엷은 회색의 얼룩무늬가 있다.

11. 뻑

● 뻑: 여무지게 긁거나 문대는 소리. 또는 그 모양. 엷고 질긴 종이나 천 따위를 대번에 찢는 소리. 또는 그 모양.

● 뻑뻑거리다: 여무지게 긁거나 문대는 소리를 자꾸 내다. 엷고 질긴 종이나 천 따위를 찢는 소리를 자꾸 내다. 억지를 부리며 자꾸 기를 쓰거나 우기다.

● 뻑뻑: 얼굴이 매우 심하게 얽은 모양. 담배를 자꾸 아주 세게 빠는 소리. 또는 그 모양.

● 뻑뻑이: 물기가 적어서 부드러운 맛이 없이. 국물보다 건더기가 그들먹하게 많게. 여유가 없어서 빠듯하게. 융통성이 없고 고지식하게. 꽉 끼거나 맞아서 헐겁지 아니하게.

- 뻑뻑하다: 물기가 적어서 부드러운 맛이 없다. 국물보다 건더 기가 그들먹하게 많다. 여유가 없어서 빠듯하다. 융통성이 없 고 고지식하다. 꽉 끼거나 맞아서 헐겁지 아니하다. 바둑이나 장기에서, 실수 없이 잘 두기 때문에 결말이 빨리 나지 아니하 여 버겁다. 서먹서먹하여 대하기가 어렵다.
- 뻑적지근하다: 몸이 뻐근하게 아픈 느낌이 있다.
- 뻑지근하다: '뻑적지근하다'의 준말.
- 뻑치기: 죄수들의 은어로, '노상강도'를 이르는 말.

12. 꺅

- 꺅: 먹은 음식이 목까지 찬 모양. 사람이나 짐승 따위가 몹시 놀라거나 죽게 될 때 내는 소리.
- 꺅꺅거리다: 사람이나 짐승 따위가 몹시 놀라거나 죽게 되어 자꾸 소리를 지르다.
- 꺅차다: 음식을 많이 먹어서 목까지 꽉 차다.

13. 끙

- 끙: 몹시 아프거나 힘에 겨워 괴롭게 내는 소리.
- 끙끙거리다: 몹시 아프거나 힘에 겨워 괴롭게 자꾸 소리를 내 다. 어린아이가 어리광을 부리며 조르거나 보채는 소리를 자꾸 내다.
- 끙끙하다: 몹시 아프거나 힘에 겨워 괴롭게 소리를 자꾸 내다. 어 린아이가 어리광을 부리며 자꾸 조르거나 보채는 소리를 내다.

14. 삔

● 삔둥거리다: 아무 일도 하지 아니하고 게으름을 피우며 놀기만
하다. '빈둥거리다'보다 센 느낌.

● 삔들거리다: 부끄러운 줄 모르고 게으름을 피우며 뻔뻔스럽게
놀기만 하다. '빈들거리다'보다 센 느낌.

이상을 종합해 본다면, 전자의 세 항은 한자어 음에서 비롯된 말
로, '끽'을 빼면 그다지 생산력이 강하지 않았다. 또한 이중모음 'ㅑ'
와 결합한 경우가 많았으며, 대체로 의성어와 의태어 부류가 많았
다. 다소 낯설고 멋쩍어 쓰지 않는 벽자들. 이들이 흔하게 쓰이면서
벽자의 이미지를 떨어 버릴 수 있는 나날을 기원한다.

32 외국인에게 한글로 대하라

　지난 반세기 동안 우리나라는 영어 교육에 엄청난 투자를 했었다. 우리나라의 연간 사교육 시장 규모가 20조 원 가량이고 이중 절반 이상이 영어 사교육 시장이라고 하니, 가히 천문학적인 숫자이다. 영어 사교육에 너무 많은 투자를 하다 보니, 대입 수능 영어시험을 자격고사 형태로 고친단다. 늦게나마 참으로 다행스런 일이 아닐 수 없다. 그러나 이렇게 무지막지한 투자에도 불구하고 아직까지 우리의 영어 교육은 답보 상태이다. 그래서 영어교육 방법론에 대해 본격적인 재검토가 이루어지고 현장중심의 실용영어가 점차 중시되는 요즈음이다.

　5년 간 특목고인 외국어고등학교에서 교편을 잡고 있을 때, 영어원어민 교사 몇 분과 친하게 지낸 적이 있다. 뭐 그렇다고 내가 영어를 엄청나게 잘 하는 것으로 알면 오산이다. 영어 수준은 중1 수준이라 자부한다. 중고등학교 시절에 영어를 배우고는 그 실력이 지금까지 그대로인 것이다. 그도 그런 것이 대학교를 국어교육과로

진학하여 타 과에서는 영어 원서를 읽고 공부한 반면, 우리에게 원
서는 고어가 잔뜩 실린 훈민정음 해례본, 월인천강지곡, 춘향전, 심
청전 같은 원전이 고작이었으니 말이다. 학문적인 이론을 쌓고자
읽는 몇몇 언어학 교재를 읽을 때를 제외하고는 영어를 쓸 일이 거
의 없었다.

영어 원어민과 처음에는 데면데면하게 대하면서 서먹하고 무척
어려웠다. 내가 그들의 언어인 영어로 의사소통을 해야 한다는 강
박관념 때문에 그랬다. 게다가 수 십 개 정도의 어휘력으로 그들을
범접하기란 결코 만만한 일이 아니었다. 영어 울렁증을 극복해야
했고, 외국인 기피증을 벗어나야 했으며, 앞뒤 가리지 않고 밀어붙
이는 용기만이 필요했었다.

그러나 곧 이 난국을 타파할 수 있었다. 우리나라에 당신들이 왔
으니, 그들의 언어가 아닌, 응당 우리말로 의사소통을 해야 하는 것
이 아닌가라고 생각을 정리했다. 그리고 이 생각대로 우리말 의사
소통을 시도한 것이다. 생각의 교환이 의도한 것만큼 잘 되지 못할
경우에는 미천하게 알고 있는 영단어 몇 개를 활용했지만, 되도록
우리말을 쓰고자 노력했다. 그들도 나의 이런 뜻을 감지하고, 만남
이 잦아질수록 우리말로 표현하고자 노력하는 모습이 역력했다.

우리나라 사람들은 상대방을 너무 잘 배려한다. 특히 외국에 나
가거나 외국인을 대할 때는 더더욱 그렇다. 우리가 외국에 나갈 때
는 그들의 말을 더듬더듬 거리며 자신의 의사를 표현하려고 하고,
또 우리나라에서 외국인을 만났을 때는 영어로 대응하지 못해 안달

이고 안절부절못한다.

외국인을 보라. 그들은 얼마나 당당한가? 타국에 가서도 자기들 말을 아주 자신 있고 씩씩하게 쓰지 않던가? 특히 영미인들이나 중국인, 일본인들은 이러한 특징을 대번에 표출한다. 그런데 우리의 모습은 어떤가? 완전 반대이다. 상대방을 배려하고 생각한다? 좋다. 그러나 우리의 자존심과 국어 사랑의 마음은 어디로 갔는가? 필요한 사람이 우물을 파기 나름이다. 그리고 그 나라에 가면 응당 그 나라의 언어로 생활하고 의사 표현하는 것이 예의 바르고 옳은 것이지 않은가?

우리도 앞으로 그러자. 외국에 나갈 때에도 당당하게 한글로 먼저 표현하자. 상품을 사고 싶거나 거래를 하고자 할 때, 속칭 갑은 우리다. 결코 그들이 주체가 아니기에 주도권을 갖고 임할 필요가 있다. 그들이 내 돈을 꺼내가고자 한다면 최소한 내 입장을 고려해서 장사를 하란 말이다. 아울러 외국인이 우리나라에 들어와 영어나 그들의 말로 물을 때, 이해관계가 없다면 당당하게 한글로 말하고 답하자. 아쉬운 것은 그쪽이다. 필요한 사람이 배워야 함이 당연지사 아니겠는가.

그렇다고 한글을 전혀 모르는 사람에게 '나 몰라라'식으로 무관심한 태도를 보이는 것도 대수는 아니다. 그럴 경우에는 공용어인 영어를 사용하자. 그러나 한국어를 쓰면 더 편리한데, 영어를 썼기 때문에 의사소통이 불편하거나 한국의 거리를 활보하기 어렵도록, 간접적으로 반드시 느끼게 하자. 프랑스인들의 모국어 사랑은 세계의 모범이다. 우리도 프랑스 같지 말라는 법은 없다. 자신 있고 당당하게 그리고 떳떳한 자세로 임하자. 그것이 장기적으로 우리 국어가 정당하게 자리매김하고 살 길이다.

33 아름다운 한글 상표들

한 해 동안 우리나라 상표 등록은 어느 정도일까? 2017년 특허청에 상표를 등록한 건수가 무려 16만여 건이라 한다. 지역별로는 서울, 인천, 부안, 산청 순이고 도시 슬로건, 캐릭터, 농수축산물 브랜드 등의 순으로 많았다.

이에 대한 전체 자료를 얻을 수 없어 유형별로 분석할 수 없지만, 2013년도 2월 한 달 동안에 한정하여 50여 개를 대상으로 살펴보면, 상표 등록수 중에는 대체로 외국어나 외래어가 많고 한자어 상표명과 한글 상표명 순이었다. 이 중에서 한글 상표명은, 신돌섬, 갈매기마을, 외미마을족발, 황토마루, 화들닭강정 등 5개가 고작이니, 비율로는 9%에 불과하다.

1897년 법에 따라 정식으로 상표를 등록한 최초의 상표가 '활명수'라 하는데, 100여 년이 지나오면서 상표 등록수는 기하급수적으로 늘었지만, 상대적으로 한글 상표가 점점 적어짐은 안타까운 현실이다. 한글 상표가 이토록 푸대접을 받는 것은 잘못된 언어 인식,

서구화된 사고방식 등이 가장 큰 이유로, 한글이 갖고 있는 정감과 분위기를 전혀 파악하지 못해서가 아닌가 한다.

떡집 상표 중에 '떡찌니'가 있다. 2016년 특허청이 선정한 우리말 우수 상표인데, 떡이 이루어지기까지의 설렘과 따스함을 고스란히 담고 있다. 산과 들을 담았다는 '산들담은'도 고유어 특성을 아주 살려서 상품의 분위기를 잘 드러내고 있다. 친환경 유기농수산물 가공품인 '자연바라기', 아이들 문구 상표인 '아이신나라', 법무 법인으로서 최선을 다하겠다는 '다함' 등도 돋보이는 한글 상표들이다.[9]

최근에는 대기업에서도 속속 아름다운 우리말 상표를 등록하고 있다. 청정원에서 만든 '햇살 담은 간장, 참빛 고운 식용유', 샘표에서 만든 '숨 쉬는 콩된장', 남양식품의 '진짜 딸기 과즙 듬뿍', 롯데우유의 '검은콩이 들어있는 우유', 쌍용건설의 아파트명 '경희궁의 아침' 등이 그러한 예들이다.

그나마 다행인 것은 지속적으로 줄고 있던 한글 상표가 2010년부터 서서히 늘고 있다는 점이다. 한글에 대한 사랑이 이제라도 광고인들에게 각인되어 가는 듯해 반가울 뿐이다. '해달자락, 하누애뜰, 새다락, 여움, 누리마을, 풍풍, 식물나라, 은초롱, 새롱이, 다울이, 해들샘, 풀잎사랑, 하내들, 아리따움, 살포시, 하늬바람, 별빛촌, 금강초롱, 소담스레, 섶다리, 산마루, 해모아, 갯바람' 등은 정말 정겹고 친근한 우리말들이다. 특히 최근에는 우리 농수산물 명칭에 아름다운 한글을 많이 사용하면서 은근하게 신토불이를 강조하는

---

9) 정윤덕 기자의 2016년 10월 4일자 연합뉴스 내용을 참고하였다.

것도 특기할 만하다.

　최근 서울 인사동 거리가 한글 간판으로 도배를 하였다고 한다. 실제로 방문해 보니, 외국 이름도 한글로 풀어 써놓았다. 한글에 대한 자긍심이 바짝 들었다. 바로, 이거다. 우리말을 항시 곁에 두고 홀대하지 않으며, 관심 갖고 사랑할 때, 세계 속의 한글 위상은 더더욱 높아지리라 장담한다. 한글, 이제 세계 속으로 날개를 펼 수 있도록 우리들이 앞장서서 나서야 할 때이다.

34 이름 속에 내재된 인물의 성격

우리말의 표준어 규정 제8항에 따르면, 양성모음이 음성모음으로 바뀌어 굳어진 단어는 음성모음 형태를 표준어로 삼는다고 하였다. 이에 따라 판소리 중 유명한 '흥부가'는 '흥보가'가 아니라, '흥부가'로 써야 옳다. 몇몇 명사 뒤에 붙어 '그것을 특성으로 지닌 사람'의 뜻을 더하는 접미사로 '-보'가 있다. 꾀가 많은 꾀보, 잠이 많은 잠보, 털이 많은 털보 등이 그것이다. 이처럼 볼 때 '흥한 사람'이라 생각하여 '흥보'가 옳은 표현이라 생각할 수도 있다. 설혹 기원적으로 그러한 연유에서 형성된 단어일지라도 현행 규칙상 '흥부'가 옳다. 그런데 과거 문헌 속에 등장하는 용어는 '흥보, 놀보'가 더 일반적으로 나타난다. 이는 이름 속에 인물의 성격을 그대로 드러낸 이름이라 볼 수 있다. '놀보'는 노는 사람, '흥보'는 흥한 사람으로 말이다.

과거 중학교 시절 국어 교과서에서 호손이 지은 단편소설 『큰 바위 얼굴(Great Stone Face)』을 배운 기억이 있다. 여기에 등장하는 올곧고 근면한 인물, 어니스트(Ernest), 상인이며 엄청난 거부였던 개더골드(Mr. Gathergold), 은퇴하고 위대한 장군인 블러드앤선더 (Old Blood and Thunder) 등은 그 이름을 보면서 이름 속에 등장인물의 성격이나 배경이 은근히 나타남을 알았었던 기억이 있다.

이러한 것은 우리의 소설 속에서도 나타난다. 박태원의 소설『소설가 구보 씨의 일일』속에 등장하는 주인공 '구보 씨'도 정오에 집을 나와 경성 거리를 산책하듯 이리저리 배회한다는 의미로 '구보'라는 이름이 들어간 것으로 보인다. 김동인의 소설『감자』에 나오는 등장인물 '복녀(福女)'도 게으른 남편에게 시집 간 후 몸을 팔아 생계를 유지하는 처절한 상황을 반어적으로 표현한 이름이 '복녀'가 아니겠는가.

판소리계 소설 속 등장인물들을 보자. 먼저 '춘향(春香)'을 보자. 봄의 향기처럼 곱고 예쁜 모습을 이름에서 은근히 드러내고 있다. 효녀 '심청(沈淸)'의 이름 중 '심(沈)'은 가라앉는다는 의미가 있어, 인당수에 곱고 맑은 존재가 가라앉을 것임을 암시하고 있다.

그러고 보니, 작가들은 은연중에 작중인물의 성격까지 표현해 내고자 그 암시를 이름 속에 교묘히 숨겨 놓았다. 현대 사회를 사는 우리 일반인들의 이름도 절대자가 그 팔자를 은근히 암시하고 있지는 않을까 하는 생각도 든다.

홍석(洪錫). 넓은 주석이라 함인데, 주석은 금속 원소의 하나로, 은백색 광택을 지니고, 얇게 펴는 성질이 풍부하다. 식기, 도금, 양철의 재료 등에 쓰이고 은박지로도 쓰인다. 자신이 갖고 있는 미천한 능력일지라도 많은 사람들의 편의를 위해 넓게 펴는 아량이 있으라는 신의 계시인가? 외조부께서 작명하셨지만, 그냥 사주팔자를 생각함이 없이 그냥 지었다고 하나, 더더욱 이름의 한 글자마다 그 뜻에 미련이 남는 것은 무엇일까. 그렇게 살라는 뜻으로 알고 살아야겠다. 넓게 베풀며 살라는 뜻으로.

35 세종대왕에 대한 여담10)

세종대왕은 참으로 학자의 면모를 아주 강하게 지닌 분이셨다. 세종대왕은 어떠한 책이든지 꼭 백 회씩 읽으셨고, 『좌전』과 『초사』라는 책은 무려 이백 회까지 읽으셨으며, 아무리 아파도 책을 곁에서 놓지 않았다는 기록은 유명하다.

이렇게 독서광이셨던 세종대왕의 행동에 건강을 해치지 않을까 하는 염려로 아버지인 태종 이방원이 내시를 시켜 책을 모두 거두도록 명을 한 적이 있다. 그러나 그 때 병풍 뒤에 남아 있어 미처 못 거둬들인 『구소수간』(구양수와 소동파의 편지모음집)을 세종대왕은 무려 천 회 이상 읽으셨다고 전하니, 정말 문자 중독증 환자처럼 광적으로 책을 좋아하시고 아끼신 분이 아니셨나 하는 생각이다.

세종이 승하하시고 그 이후에 기록한 〈세종실록〉 1450년 2월 17일조를 보면,

---

10) 이 글은 경향신문 2014년 8월 12일자 〈이기환 기자의 흔적의 역사〉 내용을 많이 참고하였다.

"임금은 매일 사경(새벽 1~3시)에 일어나 날이 하얗게 밝으면 조회를 받고, 다음에 정사를 돌봤다. 그 후에는 신하들을 차례로 접견하는 윤대를 행했고, 다음엔 경연을 게을리 하지 않았다. 사람들이 '해동의 요순'이라 일컬었다."

라는 기록이 있었으니, 항상 자기 업무에는 철두철미하고 꼼꼼하셨던 분임을 알 수 있다.

이렇게 꼼꼼하시고 책을 좋아하셨지만, 몸소 옥체는 보살피지 않으셨으니, 건강상 탈이 나지 않을 수 없었을 것이다. 게다가 식성 또한 채식을 싫어하시고 육식을 굉장히 좋아하셨던 모양이다. 얼마나 좋아했으면 아버지인 태종 이방원이 세종이 즉위하신 해(1418년)에 다음과 같은 말을 했다고 실록에 전한다.

"주상은 사냥을 좋아하지도 않고, 몸도 뚱뚱하시니 건강을 좀 챙겨야 한다."

육식을 즐기시고 운동을 싫어하셨으니, 몸이 비대하실 가능성이 높고, 과중한 정사를 돌보려는 의욕 때문에 심신도 많이 지치셨을 것이다. 이에 따라 생긴 병도 소갈증, 이른바 당뇨병이 생겼으며, 그 증세의 합병증인 안질까지 더해졌고 이것들이 점점 심해져 나중에는 결정적 사인(死因)이 된다.

"소갈병 때문에 하루에 마시는 물이 어찌 한 동이뿐이겠는가." (1439년 7월 4일) "왼쪽 눈이 아파 안막을 가렸고, 오른쪽 눈도 어

두워 한 걸음 사이의 사람도 분간할 수가 없다."(1439년 6월 21일, 1441년 2월 20일)

당뇨 외에도 다른 병까지 지니셨는데, 1425년(세종 7년)의 실록 기록에 의하면, 두통과 이질 등이 심한 가운데에서도 중국 명나라 의 사신들을 맞이한 기록도 있다. 또 병환이 얼마나 깊었으면 다음 과 같은 기록도 전한다.

"얼마나 임금의 병세가 위중했는지 임금의 관곽을 이미 짜놓는 등 흉사에 대비했다."(〈세종실록〉 1449년 11월15일)

또 당시 사신들 중의 명나라 의원 '하양'은 세종대왕의 진맥을 살 펴보고는

"전하의 병환이 상부는 성하고, 하부는 허(虛)한데, 이것은 정신 적인 과로 때문이다."(〈세종실록〉 1425년 윤7월 25일조)

라고 하였다. 아울러 1431년에는 바람이 병의 원인으로 일으키는 풍질(風疾)까지 심하셔서,

"두 어깨 사이가 찌르는 듯 아픈 증세가 고질병이 되었다."(〈세 종실록〉 8월 18일)

라는 기록도 있다. 그밖에도 다리가 부어오르는 부종과 임질(淋疾), 수전증까지 앓으셨다고 하니, 정말 만병과도 함께 하신 임금이셨

다. 그래서 세종대왕은 다음과 같은 마음을 토로하며 스스로를 책
망하기도 했다.

　"온갖 병 때문에 오랫동안 정사를 보지 못했다. 모든 일에 본보
기를 보여야 하는데……. 게으른 버릇이 나로부터 시작될까 두렵
다. 정사가 해이해진 것이 아닐까."

살아계시면서 최후의 순간까지 오로지 백성과 이 나라의 평화를
갈구하셨던 성군, 세종대왕. 세종대왕 승하 후 이러한 분이 재림하
지 못하는 현실이 안타깝고 또 세종대왕을 자꾸 되새기는 것은 그
러한 임금이나 통치자를 간절히 바라는 우리의 마음 때문이 아닐까
생각한다.

36 비슷하지만 다른 말

우리말에 형태나 발음이 유사한데, 뜻이 전혀 다른 경우가 있다. 자칫 잘못하면 그 뜻을 올바르게 사용하지 못하는 경우가 종종 있다. 우리가 일상생활에서 유의하면서 사용할 이들 어휘들은 무엇인지 간략하게 살펴보자.

》 쫓다 : 좇다

'쫓다'는 '어떤 자리에서 떠나도록 내몰다, 급한 걸음으로 뒤를 따르다, 졸음이나 잡념 등을 물리치다.'의 뜻이고, '좇다'는 '목표 이상 등을 추구하다, 남의 말이나 뜻을 따르다, 규칙이나 관습 등을 지키다, 남의 이론 따위를 따르다'의 뜻이다. 이 두 어휘를 혼동하는 경우가 있다. 전자는 앞에 있는 존재가 부정적인 측면이 강하고, 후자는 긍정적인 측면이 강하다. 즉, '경찰이 도둑을 쫓다, 제자가 스승의 가르침을 좇다.'처럼 쓰이는 것이 올바른 표현이다.

≫ 부딪히다 : 부딪치다

'부딪히다'는 '부딪음을 당하다.'는 뜻으로 '자동차가 트럭에 부딪혀 전복되었다.'식으로 쓴다. '부딪치다'는 '부딪다'를 강조해 일컫는 말로, '나무에 머리를 부딪치다.'식으로 쓴다. 정리하면, 전자는 '당함(피동)'이고, 후자는 '강조'인 것이다.

≫ 바람 : 바램

'바람'은 '바라다'에서 나온 명사로 '바라는 마음(소망)'의 의미이며, '바램'은 '볕이나 습기를 받아 색이 변하다.'는 '바래다'의 명사형이다. 흔히 소망의 의미에 '바램'으로 쓰는 경우가 있는데, 잘못된 표현이다.

≫ -로서 : -로써

'-로서'는 받침이 없거나 'ㄹ' 받침으로 끝나는 체언에 붙는 부사격 조사로, 어떠한 '자격·지위·신분을 가지고'의 뜻을 나타낸다. 그래서 일명 '자격격 조사'라고도 한다. '-로써'는 받침이 없거나 'ㄹ' 받침이 붙는 체언에 붙어, '…를 가지고서'의 뜻을 나타내는 부사격 조사로, 일명 '기구격 조사, 도구격 조사'라 한다. 쓰이는 환경이 완전히 다르다.

≫ 지양 : 지향

'지양(止揚)'은 '더 높은 단계로 오르기 위하여 어떤 것을 하지 않는다.'는 뜻이다. 반면, '지향(志向)'은 '어떤 목적으로 뜻이 쏠리어 향하거나 그 의지나 방향'을 뜻한다. 전자는 하지 않는 부정의 의미가 있고, 후자는 그 방향으로 향하는 긍정의 의미가 있어 상반성이 있다.

≫ 개발 : 계발

'개발(開發)'은 '토지나 천연자원 따위를 개척하여 유용하게 만듦. 예) 택지 개발', '지식이나 소질 등을 더 나아지도록 이끄는 것. 예) 기술 개발', '산업이나 경제 등을 발전하게 함. 예) 산업 개발', '새로운 것을 고안해 내어 실용화함. 예) 신제품 개발' 등처럼 사용한다. '계발(啓發)'은 '슬기·재능이나 사상 따위를 일깨워 발전시킴. 예) 창의성 계발, 소질 계발'처럼 쓰인다. 대체로 전자는 구체성을 띤 상황에 쓰이고, 후자는 추상성을 띤 정신적 영역과 관련이 있다.

≫ 갱신 : 경신

'갱신(更新)'은 '법적인 문서의 효력이나 기간이 끝났을 때, 그 기간을 연장하거나 새로 바꾸는 일로, 계약 갱신, 운전면허 갱신' 등처럼 쓰인다. '경신(更新)'은 갱신과 한자어를 같지만, '이미 있던 제도나 기구 따위를 고쳐 새롭게 함 또는 기록경기 따위에서, 이미 세운 기록을 깨뜨림'의 의미로 '기록 경신, 주가가 사상 최고치를 경신했다.' 등처럼 쓰인다. 같은 한자 '更'이 고치다의 의미일 때는 '경'으로 읽고, '다시'의 의미일 때는 '갱'으로 읽으면서 의미가 달리 쓰이는 경우이다.

⚗ 걷잡다 : 겉잡다

'걷잡다'는 흔히 '없다, 못하다'와 함께 쓰여, '한 방향으로 치우쳐 흘러가는 형세 따위를 바로잡거나 진정시키다.'의 의미로, '치미는 분노를 걷잡을 수 없다.'처럼 쓰인다. '겉잡다'는 '겉으로만 보고 대강 헤아려 어림잡다.'의 뜻으로, '겉잡아서 이틀이면 족하다.'처럼 쓰인다. '어림잡다'와 유의어 관계이다.

⚗ 나가다 : 나아가다

'나가다'는 '안에서 밖으로 가다, 옮기거나 물러나다, 일이 진행되다, 참여하다, 떠나다. 그만두다' 등의 의미이다. '나아가다'는 '앞으로 향해 가다, 목적하는 방향을 향해 가다, 일이 점점 되어 가다.' 등의 의미이다. 전자에 비해 후자는 앞이라는 '방향성'을 강조하는 것이 다르다.

⚗ 띠다 : 띄다

'띠다'는 '띠를 두르다, 어떤 성질을 가지다, 용무·직책·사명을 가지다, 빛깔이나 색채 따위를 가지다, 감정이나 기운 따위를 나타내다.' 등의 뜻이다. '띄다'는 '뜨이다'의 준말로, '눈에 띄다.'처럼 쓰이거나 '띄우다'의 준말로 '노기를 띄다.'처럼 쓰인다.

⚗ 받히다 : 받치다

'받히다'는 타동사로 쓰일 때는 '도매상 같은 데서 소매상에게 단골로 물품을 대어 주다.'의 의미이지만, 자동사로 쓰일 때는 '소한

테 받히다'처럼 '떠받음을 당하다.'의 뜻이다. '밭치다'는 '건더기와 액체가 섞인 것을 체 따위에 부어 액체만을 따로 받아 내다,'는 의미인 '밭다'의 강조이거나 '구멍이 뚫린 물건 위에 국수나 야채 따위를 올려 물기를 빼다.'의 의미이다.

≫ 이따가 : 있다가

'이따가'는 '조금 지난 뒤에'라는 부사이고, '있다가'는 '어느 곳에 잠시 머무르거나 어떤 상태를 그대로 유지하다가'의 뜻이다. 따라서 '이따가 만나', '여기에 좀 있다가 갈게'처럼 쓰인다.

≫ 일절 : 일체

'일절(一切)'은 부사로, '아주, 도무지, 전혀'의 뜻이고, 같은 한자어지만 달리 발음하는 '일체(一切)'는 명사로 쓰일 때는 '모든 것, 온갖 사물'로 쓰이나, 부사로 쓰일 때는 '통틀어서, 모두'의 뜻이다. 전자는 사물을 부인하거나 행위를 금지할 때 쓰고, 후자는 '모든 것, 모두'의 의미가 강하다. 따라서 '통행 일절 금지, 학용품 일체 구비'식으로 써야 옳다.

37 신조어의 세계

시대가 4차 산업혁명을 맞이하면서 급속도로 변하고 있다. 스마트폰을 시작으로 각종 정보 통신이 혁신을 불러오더니, 이제는 사물인터넷과 인공지능 등으로 사회가 난리다. 빠른 사회 변화 속에서 인간의 의사소통도 짧고 간단하며 신속한 전달을 생명처럼 존중하는 분위기이다. 특히 청소년과 젊은 세대들로부터 빠르게 확산되는데, 이에 부응하여 나타나는 최근의 경향이 '신조어(neologism, 新造語)'의 출현이다. 신조어란 '시대의 변화에 따라 새로 만들어서 일반적으로 잘 받아들여지지 않는 단어나 표현법'을 일컫는다.

최근 유행처럼 번지는 신조어 남발로 언어 사회가 혼란스러울 정도이다. 기성세대는 이에 대해 별도로 학습하지 않고는 전혀 이해되지 않는 상황이다. 이러한 시대적 흐름에 편승하여 국립국어원에서도 널리 퍼진 신조어의 경우는 심사를 거쳐 사전에 올리기도 하지만, 신조어 생산량에 비해 등재되는 어휘나 표현법은 극히 적은 편이다.

최근에 인구에 회자되는 것 중에서 특기할 만한 몇 개를 보자.

- 노무족(NOMU족): 나이와 상관없이 자유로운 사고와 생활을 추구하는 40~50대 중년을 일컫는 말. 'No More Uncle'의 줄임말
- TMI: 'Too Much Information'의 줄임말로, 굳이 알고 싶지 않은 정보를 알게 될 때 쓰는 말
- 좋페: 페이스북에 좋아요를 눌러 메시지를 보내다.
- 롬곡옾눞: '폭풍눈물'을 뒤집은 단어
- 문찐: '문화 찐따'의 줄임말로, 문화에 소외되어 변화를 따라가지 못하는 사람
- 혼코노: 혼자 코인 노래방에 가는 것
- 엄근진: 엄격, 근엄, 진지를 합친 말
- 사바사: 사람마다 다르다(사람 by 사람).
- 법블레스유: 법과 'Bless You'를 합친 말로, '너는 이미 끝났다'는 뜻
- 갑분싸: 갑자기 분위기가 싸해지다.
- 복세편살: 복잡한 세상, 편하게 살자.
- 할말하않: 할 말은 많지만, 하지 않겠다.
- 잡학피디아: 잡학과 백과사전이 합쳐진 말로, 넓고 얕은 지식을 탐내는 것
- 나포츠족: Night와 Sports를 합친 말로, 퇴근 후 저녁에 운동하는 사람
- 핑거 프린세스: 핑거와 프린세스가 합친 말로, 직접 찾아보지 않고 무엇이든 주변에 물어보는 사람

- 츤데레: 일본어 '츤츤(새침하고 퉁명거림)'과 '데레데레(부끄러워함)'이 합친 말로, 새침하고 퉁명거리지만 부끄러움을 잘 타는 성격이나 사람
- 이생망: 이번 생은 망했다.
- 댕댕이: 개 짖는 소리 '멍멍이'와 모양이 비슷해 쓰는 표현
- 커엽다: 귀엽다의 '귀'와 '커'의 모양이 비슷해서 대체해 쓴 표현
- 야민정음: 어떤 단어의 글자를 모양이 비슷한 글자로 바꿔 쓰는 것(예. 댕댕이, 커엽다)
- 셀럽: 유명인이라는 뜻인 'Celebrity'의 줄임말. 연예인이 아니지만, 큰 인기를 얻어 사는 사람

이상의 것들은 젊은 세대들이 일상적으로 쓰는 표현이고, 경제와 취업 현장에서 쓰이는 신조어도 있다.

- 일코노미: 혼자만의 경제생활
- 존버: 가상화폐와 관련된 말로, '존나게 버티라'는 뜻
- 가심비: 가격 대비 마음의 만족도
- 공세권: 공원과 가까운 주거 공간
- 올인빌: 'All In Vill'로, 작지만 여가, 운동, 취미 생활을 즐길 수 있는 주거 공간

최근에 유행하는 신조어들을 보면, '정보화, 개인화, 자기만족, 현실 비판'의 성향이 강함을 느낄 수 있다. 요즘의 젊은 세대들이

느끼는 사회 현상의 치열함과 피곤함이라는 모습도 단적으로 엿볼 수 있다.

38 한글체 디자인, 캘리그라피

한글의 세계화는 K-Pop을 통해서도 이루어지지만, 무엇보다 독특한 문자체를 지닌 한글 자모의 디자인을 통해서도 가능하다. 세계 유명 디자이너들이 한글을 이용해 의상과 상품에 디자인했던 사실들이 세간의 이목을 끈 적이 많다. 이러한 시대적 조류에 편승해 최근 각광을 받고 있는 것이 한글 캘리그라피(Calligraphy)이다.

캘리그라피란 일종의 손으로 그린 그림문자로 보면 된다. 필자에 따라 각기 자모의 모양, 굵기, 형태, 색깔이 각양각색으로 구현된다. 유연하게 동적인 점과 선을 그리기도 하고, 종이의 번짐 형상을 효과적으로 이용하기도 하며, 스쳐 지나가는 방식이나 날카로운 각을 세워 표현하기도 한다.

전에는 일부 상표나 광고 문구 등에만 한정되어 사용하던 것이, 지금은 일상생활에서 게시가 가능한 모든 것들에도 캘리그라피를 활용해 표현함으로써 개성과 독창성을 드러내고 있다.

최근 컴퓨터나 스마트폰 자판이 상용되면서 글씨를 손으로 직접 쓰는 기회가 적어졌다. 쓸 수 있는 기회가 적어진 탓인지, 청소년과 젊은 청년들의 손 글씨를 간혹 접하게 되면 말 그대로 괴발개발이다. 아무렇게나 갈겨 써 놓은 모양과 일정하지 않은 불규칙함에 깜짝 놀라기 일쑤다. 그런데, 어쩌면 이런 사람들에게 캘리그라피 방식의 글자 쓰기는 더 개성적이고 창의적이지 않을까 한다. 요즘처럼 각종 인쇄물에 정형화되고 똑바른 글씨체에 익숙해 있는 사람들에게 신선함으로 각인될 가능성이 있기 때문이다.

원래 캘리그라피는 '아름다운 서체'를 뜻하는 그리스어 'Kalligraphia'에서 유래했다고 하는데, 유럽에서 본격적으로 전파한 사람은 영국의 에드워드 존스턴이다. 10세기 후반 영국의 필사본체를 응용하면서 창안되었다고 한다.

이러한 캘리그라피는 최근 마케팅 전략으로 각종 홍보 포스터, 드라마 제목, 책 제목, 브랜드명, 간판, 현수막 등까지 사용 영역이 확대되는 추세이며, 아름다운 한글을 시각적으로 표출하는 좋은 문자체임은 틀림없다. 틀에 박히지 않고 자유분방하면서 강조하는 글자는 크고 굵게 쓰며, 색을 달리해 모양을 입히는 것을 보면 정말 매력적인 디자인인 것만은 틀림없다. 이러한 캘리그라피가 점점 확대되면서 세계로 이곳저곳을 누빌 때, 한글의 세계화에도 큰 기여를 할 것이다. 이를 통해 우리 한글의 위상은 다시 한 번 더 성장하는 계기가 될 수 있기 때문이다.

39 7세까지는 한글을 깨쳐라

필자는 1993년도에 모 실업고에서 한글 미해득자 교육을 한 적이 있다. 그때 20여 명을 데리고 매일 방과후에 1시간씩 특별실에서 한글을 가르쳤다. 두 달이 지나자 점점 한글 해득자가 생기면서 읽고 쓰는 학생들이 늘었으나, 최후까지 예닐곱 아이는 결국 깨치지 못하고 만 기억이 있다. 당시에 참 이해가 가지 않았다. 고등학생인데, 말은 그렇게도 유창하게 잘 하면서 왜 읽고 쓰는 것이 힘들까 하는 생각이었다.

그러나 이에 대한 해답을 김진우 교수의 『언어』(2004:432) 속에서 얻었다. 언어 습득 연령과 언어 실력 사이의 함수 관계를 이민자들을 대상으로 한 연구가 있다. 로체스터대학 존슨 교수가 뉴포트 교수와 공동으로 1989년 한국계 학생과 중국계 학생을 대상으로 연구한 결과를 보자.

언어 습득 점수를 보면 태어나면서 7세까지는 만점(270점), 8세부터 10세까지는 94% 가량인 255점, 11세부터 16세까지는 87% 가량인 235점, 17세부터 39세까지는 77% 가량인 210점이라는 것이다. 이를 통해 이민 시기가 7세 이전일 경우에는 영어 원어민들과 영어 실력이 후에 같아지며, 연령이 높아질수록 문법의 오류가 많아지고 언어 습득이 어렵다는 것이다.

우리의 현실은 어떤가. 대다수의 학생은 만 6세, 즉 초등학교 입학 전에 한글을 깨치고 초등학교에 입학하는 편이다. 극소수의 아이들이 초등학교 입학 후 한글을 깨치는 경우가 있으나, 역시 드문 경우이다. 교육부에서도 2015년 개정 교육과정이 적용되는 2017년 초등학생 1~2학년부터 한글교육을 강화하고 있다. 이때가 만 나이로 7세에 해당된다. 언어 습득의 최후 시기이니, 이 시기에 완성시키자는 것이다. 다 알아서 배우고 갈 것을 무엇 하러 시간 허비하느냐는 생각도 있을 수 있다. 그러나 마지막으로 만 7세까지는 한글교육을 기초부터 튼튼하게 완성할 필요가 있다.

조기 영어교육에 발 빠른 학부모들은 유치원, 아니 4살 때부터 영어교육에 열을 올리고 있다. 한글과 영어의 혼용 속에서 아이가 잘 견뎌내면 다행이다. 그러나 한 가지 언어에 대한 지식도 완성하지 못한 채, 두 개의 언어를 습득하기란 결코 만만치 않으리라. 모국어에 대한 바탕 없이 타국어를 습득하는 것은 사상누각이요, 뿌리 없는 나무에 불과하다. 초등학교 입학 전후까지 한글을 정확하게 이해하고 표현할 수 있도록 하는 것이 우리 학부모들이 달성해야 할 자녀교육의 첫 목표이다.

40 인체어의 부차적 의미

우리가 사전을 찾으면 단어의 원뜻(일명 1차적 의미, 주의(主意), 사전적 의미, 주된 의미)을 제일 먼저 '「1」'로 제시하고 그 다음은 '「2」, 「3」…' 순으로 부차적인 의미(일명 2차적 의미, 부의(副意), 함축적 의미)를 제시한다. 어휘는 시간이 흐르면서 새로운 단어를 만들어내기도 하지만, 기존의 단어를 활용해 뜻을 덧붙이거나 기존 어휘의 뜻이 확장되는 현상이 일어난다. 이러한 현상을 그대로 사전에 옮겨 뜻풀이를 하는 것이다.

일반적으로 사용 빈도수가 많은 어휘는 부차적 의미가 많다. 특히 인간의 몸은 자기 자신에게서 가장 가까우면서 흔히 사용할 수밖에 없다. 따라서 어떤 언어든지 인체어에 대한 부차적 의미가 발달한 것이 일반적인 현상이다.

우리말의 인체어가 얼마나 부차적 의미를 지니는지 살펴보았다. (원뜻은 생략한다.)

1. 손[手]

② 손가락. 예) ~에 낀 반지.

③ 일손. 품. 예) ~이 모자라다. ~이 많이 가다.

④ 기술. 예) 그 사람 ~이 가야 한다.

⑤ 수완. 잔꾀. 예) 그의 ~에 놀아나다.

⑥ 주선. 돌봐 주는 일. 예) 그의 ~을 빌리다. 할머니 ~에서 자라다.

⑦ 소유나 권력의 범위. 예) 손에 넣은 물건. 남의 ~에 넘어가다.

⑧ 힘. 역량. 능력. 예) 국토 통일은 우리 ~으로.

2. 발[足]

② 물건 밑에 달려서 그 물건을 받치게 된 짧은 부분. 예) 장롱의 ~.

③ 걸음. 예) ~이 빠르다. ~을 멈추다.

④ 한시(漢詩)의 시구(詩句) 끝에 다는 운자(韻字).

3. 입[口]

② 입술. 예) ~을 삐죽 내밀다.

③ 음식을 먹는 사람의 수. 예) ~이 늘다.

④ 말재간. 말버릇. 예) ~이 걸다.

⑤ 남의 말·소문. 예) 남의 ~에 오르내리다.

⑥ 한 번에 먹을 만한 음식물의 양. 예) 한 ~ 베어 물다.

4. 귀[耳]

② '귓바퀴'의 준말. 예) ~가 크다. ~를 뚫다.

③ '귀때'의 준말. 예) ~가 떨어지다. ~가 깨진 항아리.

④ 모가 난 물건의 모서리. 예) 장롱의 네 ~를 맞추다.

⑤ 바늘의 실 꿰는 구멍. 예) ~에 실을 꿰다.

⑥ 주머니의 양쪽 끝 부분. 예) 주머니의 ~가 닳다.

⑦ 두루마기나 저고리의 섶 끝.

⑧ '불귀'의 준말. 예) 화승총의 ~에 불을 댕기다.

⑨ 바둑판의 모퉁이 부분. 예) ~에 두 집을 내다.

⑩ 돈머리에 좀 더 붙은 우수리. 예) ~ 달린 만 원.

5. 눈[眼]

② 시력. 예) ~이 좋다.

③ 사물을 보고 판단하는 힘. 예) 세상을 보는 ~.

④ 보는 모양이나 태도. 예) 의심에 찬 ~으로 보다.

⑤ 시선. 눈길. 예) 사람들의 ~을 끌다. ~을 돌리다.

⑥ 태풍에서 중심을 이루는 부분. 예) 태풍의 ~.

6. 코[鼻]

② 코에서 나오는 진득진득한 점액. 콧물. 예) ~를 닦다.

③ 버선이나 신 따위의 앞 끝이 비죽이 내민 부분. 예) 고무신 ~

7. 가슴[胸]

② 심장 또는 폐. 예) ~에 통증을 느끼다.

③ 마음이나 생각. 예) ~을 쓸어내리다. ~이 뭉클하다.

④ 옷의 가슴에 해당되는 부분. 옷가슴. 예) ~에 꽃을 달다.

⑤ 젖가슴. 예) ~이 풍만한 여인.

8. 다리[脚]

② 물건 아래 붙어 물건이 직접 땅에 닿지 않게 하거나 물건을 높이 있게 하기 위하여 버티어 놓은 부분. 예) 책상 ~가 꽤 높다.

③ 안경알의 테와 연결되어 귀에 걸게 된 기다란 부분. 예) 안경 ~가 부러지다.

9. 목[喉]

② '목구멍'의 준말. 예) ~이 아프다. ~이 컬컬하다.

③ 모든 물건의 목에 해당하는 부분. 예) ~이 긴 양말.

④ 곡식의 이삭이 달린 부분.

⑤ 다른 곳으로는 빠져나갈 수 없는 통로의 중요하고 좁은 곳. 예) 통로의 ~을 지키다.

⑥ 목을 통해 나오는 소리. 예) ~이 쉬다.

10. 팔

② 기중기, 굴착기, 로봇 따위에서 본체에서 길게 뻗어 나가 상하나 좌우로 움직이는 부분.

③ 〈물리〉지레를 고정한 점으로부터 힘이 작용하는 점까지의 사이. 또는 그 사이의 길이.

11. 어깨[絹]

② 옷소매가 붙은 솔기와 깃의 사이의 부분. 예) ~가 넓은 옷.

③ 짐승의 앞다리나 새의 날개가 붙은 윗부분.

④ 〈속어〉 힘이나 폭력 따위를 일삼는 불량배. 깡패.

12. 머리[頭]

② '머리털'의 준말. 예) ~가 길다. ~를 감다. ~가 희끗희끗하다.

③ 생각하고 판단하는 능력. 예) ~가 좋다.

④ 물건의 꼭대기나 앞부분. 예) 앞산 ~ 위로 해가 솟아오르다.

⑤ 일의 시작. 예) ~도 끝도 없는 일.

⑥ 단체의 우두머리. 예) 조직의 ~ 노릇을 하다.

⑦ 어떤 때가 시작될 무렵. 예) 삼복 ~. 해 질 ~.

⑧ '한쪽 끝'이나 '가장자리'의 뜻. 예) 밭~. 책상~.

13. 배[腹]

② 물체의 가운데 부분. 예) ~가 부른 항아리.

③ 절지동물, 특히 곤충에서 머리·가슴이 아닌 부분.

④ 아이를 밴 어머니의 태내. 또는 그 어머니. 예) ~가 다른 형제.

⑤ 〈물리〉 정상파(定常波)에서, 진폭이 가장 큰 부분. 복(腹).

⑥ 짐승이 알을 까거나 새끼를 낳는 횟수. 예) 두 ~째 새끼를 치다.

14. 등[背]

② 물체의 뒤쪽이나 바깥쪽에 불룩하게 내민 부분. 예) 의자의
~. 칼의 ~.

15. 볼

② 볼 가운데의 살집. 예) ~이 처져 있다. 두 손으로 ~을 감싸다.

③ 처마 끝에 나온 서까래 끄트머리의 단면.

16. 이마

② 어떤 물체 꼭대기의 앞쪽이 되는 부분

③ '이맛돌'의 준말.

17. 허리[腰]

② 위아래가 있는 물건의 한가운데 부분. 예) 저 기둥 ~에 줄을 매라.

③ 바지·고의·치마 등의 맨 위에 대는 헝겊.

위의 내용을 가만히 보면, 귀, 손, 머리, 입, 목, 눈, 배 등처럼 상체에 관련된 어휘가 특히 부차적 의미가 많은 편이다. '귀'의 경우는 그 위치가 끝, 모서리에 있으면서 부차적 의미가 많이 확장되었다. '머리'와 '손'의 경우도 인간의 주된 활동 중 생각하는 과정과 사회활동에 종사함을 나타내면서 확장된 경우이다.

부차적 의미가 많다는 것은 모국어 화자에게 표현의 다양성 측면에서는 긍정적이다. 물론 그 언어를 습득코자 하는 외국인에게는 어렵겠지만. 따라서 언어의 다양한 표현 측면에서 부차적 의미의 확장은 좋은 현상이다. 좀 더 풍부하고 꼼꼼한 내용을 표현할 수 있기 때문이다. 한글을 사용하는 우리들도 부차적 의미를 효과적으로 사용할 줄 아는 사람일수록 우리말을 제대로 사용하는 사람이라 할 수 있다. 부차적 의미를 다양하게 활용할 줄 아는 사람이 바로 우리말을 가장 멋있게 사용할 줄 아는 한국인이며, 부차적 의미의 다양한 활용 능력을 갖추는 것이 요즘을 사는 현대인이 꼭 갖추어야 할 자세가 아닐까 한다.

41 인체어의 관용구

오랜 시간이 흐르면서 내려오는 관습과 전통에 의해 말뜻이 문장 속에서 전혀 새로운 의미를 지니는 경우가 있다. 이를 '관용구'라 하는데, 어느 언어에나 나타나는 현상이다. 무릇 어떤 나라의 언어를 잘 구사한다는 것은 바로 이 관용구를 이해하면 수준급이라는 것이다. 관용구는 생활과 문화 속에서 터득할 수 있는 것이기에 외국인이 이를 이해하는 것은 각별한 노력 없이 불가능하기 때문이다.

우리말에도 관용구는 발달하였다. 특히 인간의 속성상 가장 근접하고 쉽게 사용하는 관련어는 인체어가 아닐까 한다. 여기서는 우리말의 인체어를 관용구로 어찌 사용하는지 알아보았다.

1. 손[手]
● 손에 걸리다: ㉠어떤 사람의 손아귀에 잡혀 들다. ㉡너무 흔하여 어디나 다 있다.
● 손에 땀을 쥐다: 아슬아슬하여 마음이 조마조마하고 몹시 애가 달다.

- 손에 물 한 방울 묻히지 않고 살다: 힘든 일을 하지 않고 호강 하며 살다.
- 손에 붙다: 능숙해져서 의욕과 능률이 오르다.
- 손에 손을 잡다: 다정하게 서로 힘을 합쳐 행동을 같이하다.
- 손에 익다: 일이 손에 익숙해지다.
- 손에 잡히다: 차분하게 마음을 집중하여 일에 임할 수 있게 되다.
- 손에 잡힐 듯하다: 매우 가깝게 또는 또렷하게 보이거나 들리다.
- 손에 쥐다: 수중에 넣다. 자기 소유로 만들다.
- 손을 끊다: 교제나 거래 따위를 끊다. 관계나 인연을 끊다.
- 손을 나누다: ㉠이별하다. 헤어지다. ㉡일을 여럿이 나누어 하다.
- 손을 내밀다: ㉠무엇을 달라고 요구하거나 얻어 내려고 하다. 손을 벌리다. ㉡친하려고 나서다.
- 손을 넘기다: ㉠물건을 잘못 세어, 넘기는 번수를 더하거나 적 게 하다. ㉡시기를 놓치다.
- 손을 놓다: 하던 일을 그만두거나 잠시 멈추다.
- 손을 늦추다: 긴장을 풀고 일을 더디게 하다.
- 손을 떼다: ㉠하던 일을 그만두다. ㉡하던 일을 마치어 끝을 내다.
- 손을 맞잡다: 서로 긴밀하게 협조하다.
- 손을 멈추다: 하던 동작을 잠깐 중지하다.
- 손을 벌리다: 손을 내밀다.
- 손을 빼다: ㉠관계를 끊고 물러나다. ㉡바둑에서, 상대방의 착 수에 대하여 바로 응수하지 않고 다른 곳으로 옮기다.
- 손을 뻗치다: ㉠이제까지 하지 않던 일까지 활동 범위를 넓히다.

©적극적인 도움·요구·간섭·침략 따위의 행위를 멀리까지 미치게 하다.

● 손을 씻다: 부정적인 일 따위에서 관계를 끊다.

● 손을 젓다: 손을 휘저어서, 제지나 거절 또는 부인을 나타내는 신호를 보내다.

● 손을 주다: 덩굴 따위가 타고 올라가게 섶 등을 대어 주다.

● 손을 털다: ㉠일을 완전히 마치다. ㉡노름판 따위에서 본전까지도 모조리 잃다.

● 손이 거칠다: ㉠도둑질 같은 나쁜 손버릇이 있다. ㉡일을 하는 솜씨가 꼼꼼하지 못하다.

● 손이 나다: 어떤 일에서 조금 쉬거나 다른 일을 할 틈이 생기다.

● 손이 놀다: 일거리가 없어 쉬는 상태이다.

● 손이 닿다: ㉠힘이나 능력이 미치다. ㉡연결이 되거나 관계가 맺어지다.

● 손이 뜨다: 일하는 동작이 매우 느리다.

● 손이 맑다: ㉠재수가 없어 생기는 것이 없다. ㉡후하지 아니하고 다랍다.

● 손이 맞다: 함께 일하는 데 생각이나 방법 따위가 서로 맞다.

● 손이 맵다: 손끝이 맵다.

● 손이 비다: ㉠할 일이 없어 아무 일도 하지 않고 있다. ㉡수중에 돈이 없다.

● 손이 빠르다: ㉠일 처리가 빠르다. 손이 싸다. 손이 재다. ㉡파는 물건이 잘 팔려 나가다.

- 손이 서투르다: 일이 익숙하지 않다.
- 손이 싸다: 손이 빠르다.
- 손이야 발이야: 용서해 달라고 애처롭게 비는 모양.
- 손이 여물다: 손끝이 여물다.
- 손이 작다: ㉠마음이 후하지 못하여 씀씀이가 작다. ㉡수단이 적다.
- 손이 잠기다: 다른 일에 매어서 빠져나갈 수 없게 되다.
- 손이 재다: 손이 빠르다.
- 손이 저리다: 뜻밖의 상황에 놀라거나 당황하다.
- 손이 크다: ㉠씀씀이가 넉넉하다. ㉡수단이 많다.

관용구 안에서 쓰인 '손'의 의미는 '일손, 수완, 도움, 동작(힘)' 등이다. 손으로부터 나오는 행위와 연관한 쓰임을 알 수 있다.

2. 발

- 발 벗고 나서다: 적극적으로 나서다.
- 발에 차이다: 여기저기 흔하게 널려 있다.
- 발을 끊다: 오가지 않거나 관계를 끊다.
- 발을 동동 구르다: 몹시 안타까워 애를 태우다.
- 발을 들여놓다: 어떤 자리에 드나들거나 어떤 일에 몸담다.
- 발을 빼다: 어떤 일에서 완전히 물러나다. 발을 씻다.
- 발을 뻗고 자다: 곤란한 상황에서 벗어나 마음 놓고 편히 자다.
- 발을 씻다: 발을 빼다.

● 발이 길다: 무엇을 먹게 된 판에 마침 한몫 끼어 먹을 복이 있다.

● 발이 내키지 않다: 선뜻 행동으로 옮길 마음이 나지 않다.

● 발이 넓다: 사귀어 아는 범위가 여러 계층에 다양하다.

● 발이 닳다: 분주하게 많이 돌아다니다.

● 발이 떨어지지 않다: 애착·미련·근심·걱정 따위로 선뜻 떠날 수 없다.

● 발이 뜨다: 이따금씩 다니다.

● 발이 뜸하다: 자주 다니던 곳에 한동안 가지 않다.

● 발이 맞다 : ㉠여러 사람이 걸을 때 같은 쪽의 발이 동시에 떨어지다. ㉡말이나 행동이 일치하다.

● 발이 묶이다: 몸을 움직일 수 없거나 활동할 수 없는 형편이 되다.

● 발이 손이 되다: 손만으로는 부족하여, 발까지 동원할 지경에 이르다.

● 발이 익다: 자주 다녀서 그 길에 익숙하다.

● 발이 잦다: 어떤 곳에 자주 다니다.

● 발이 저리다: 잘못한 것이 있어 마음이 켕기다.

● 발이 짧다: 다 먹은 뒤에 늦게 나타나다.

관용구 안에서 '발'은 발로 행해지는 '걸음, 다님, 범위' 등의 의미로 쓰였다.

3. 입

● 입만 살다: ㉠행동은 하지 않고, 말만 그럴듯하게 잘한다. ㉡격

에 맞지 않게 음식을 가려 먹다.

- 입만 아프다: 여러 번 일러도 받아들이지 않아 말한 보람이 없다.
- 입 밖에 내다: 어떤 생각이나 사실을 드러내어 말하다.
- 입에 거미줄 치다: 가난해서 먹지 못하고 오랫동안 굶다.
- 입에 맞다: 음식물이 식성이나 기호와 일치하다.
- 입에 발린 소리: 마음에는 없이 겉치레로 하는 말.
- 입에 올리다: 말하다. 이야깃거리로 삼다.
- 입에 침이 마르다: 남이나 물건에 대해 아주 좋게 말하다.
- 입에 풀칠을 하다: 근근이 밥이나 먹고 살다.
- 입을 놀리다: 경솔하게 말을 함부로 하다.
- 입을 다물다: 말을 하지 않거나 하던 말을 그치다.
- 입을 떼다: 말을 하기 시작하다.
- 입을 막다: 말을 하지 못하게 하다.
- 입을 맞추다: 서로의 말이 일치하도록 짜다.
- 입을 모으다: 여러 사람이 같은 의견을 말하다.
- 입을 씻기다: 돈이나 물건 따위를 주어 자기에게 불리한 말을 하지 못하게 하다.
- 입을 씻다: 이익 따위를 가로채거나 혼자 차지하고 시치미를 떼다.
- 입을 열다: 이야기를 꺼내다.
- 입이 가볍다: 말이 많거나 아는 일을 함부로 옮기다.
- 입이 걸다: 말을 거리낌 없이 함부로 하다.
- 입이 무겁다: 말이 적거나 아는 일을 함부로 옮기지 않다.

- 입이 싸다: 입이 가볍다.
- 입이 쓰다: 어떤 일이나 말 따위가 못마땅해서 기분이 언짢다.
- 입이 천 근 같다: 입이 매우 무겁다. 말수가 매우 적다.

관용구 안에서 '입'은 '말, 음식, (발화로 나타나는) 생각' 등의 의미로 사용하였다.

4. 귀

- 귀가 가렵다: 남이 자기에 대한 말을 하는 것 같다.
- 귀가 따갑다: ㉠소리가 날카롭고 커서 듣기에 시끄럽다. ㉡여러 번 들어 듣기가 싫다.
- 귀가 떨어진 돈: 가장자리가 떨어져 나간 돈.
- 귀가 뚫리다: 말을 알아듣게 되다.
- 귀가 밝다: ㉠작게 나는 소리도 잘 구별하여 듣다. ㉡남이 하는 말을 잘 알아듣다.
- 귀가 번쩍 뜨이다; 귀가 번쩍하다 : 들리는 소리에 선뜻 마음이 끌리다.
- 귀가 솔깃하다: 어떤 말이 그럴듯하게 여겨져 마음이 쏠리다.
- 귀가 아프다: 귀가 따갑다.
- 귀가 어둡다: 말을 잘 못 알아듣다.
- 귀가 여리다: 속는 줄도 모르고 남의 말을 그대로 잘 믿다. 잘 속아 넘어가다.
- 귀가 절벽이다: ㉠소리를 전혀 듣지 못하다. ㉡세상 소식에 어

듣다.

- 귀를 기울이다: 남이 하는 말을 주의 깊게 듣다.
- 귀를 세우다: 잘 들으려고 주의를 집중시키다.
- 귀를 의심하다: 믿을 수 없는 이야기를 듣고, 잘못 들은 것이 아닌가 생각하다.
- 귀에 거슬리다: 어떤 말이 언짢게 느껴지다.
- 귀에 들어가다: 누구에게 알려지다.
- 귀에 못이 박이다 같은 말을 여러 번 들어 싫은 느낌이 들다.
- 귀에 설다: 듣기에 서투르다.
- 귀에 익다: ㉠들은 기억이 있다. ㉡자주 들어 버릇이 되다.

관용구 안에서 '귀'는 '모서리, 경청, 소통, 이해' 등의 의미이다. 얼굴에서의 위치와 신체도구로서의 기능이 연관되어 관용구에서 사용되었다.

5. 눈[眼]

- 눈 깜짝할 사이: 매우 짧은 동안.
- 눈도 깜짝 안 하다: 조금도 놀라지 아니하고 태연하다.
- 눈 뜨고 볼 수 없다: 눈앞의 광경이 참혹하거나 민망할 정도로 아니꼬워 차마 볼 수가 없다.
- 눈 밖에 나다: 신임을 얻지 못하고 미움을 받게 되다.
- 눈에 거슬리다: 보기에 마뜩하지 않아 불쾌한 느낌이 있다.
- 눈에 거칠다: 보기 싫어 눈에 들지 않다.

- 눈에 넣어도 아프지 않다: 어린아이나 여자가 매우 귀여움을 나타내는 말.
- 눈에 들다: 마음에 맞다.
- 눈에 띄다: ㉠두드러지게 눈에 보이다. ㉡발견되다.
- 눈에 모를 세우다: 성난 눈매로 날카롭게 노려보다.
- 눈에 밟히다: 잊혀지지 아니하고 자꾸 눈앞에 떠오르다.
- 눈에 불을 켜다: ㉠몹시 욕심을 내거나 관심을 기울이다. ㉡화가 나서 눈을 부릅뜨다.
- 눈에 불이 나다: ㉠뜻밖의 일을 당하여 몹시 화가 나다. ㉡몹시 긴장하여 눈에서 불이 이는 듯하다.
- 눈에서 번개가 번쩍 나다: 얼굴이나 머리 따위에 강한 타격을 받았을 때, 눈앞이 별안간에 캄캄해지며 일순간 빛이 떠올랐다가 사라지다.
- 눈에 선하다: 지나간 일이나 물건의 모양이 눈앞에 보이는 듯하다.
- 눈에 쌍심지를 켜다: 몹시 화가 나서 눈을 부릅뜨다.
- 눈에 어리다: 어떤 모습이 잊혀지지 않고 머릿속에 뚜렷하게 떠오르다.
- 눈에 없다: 관심 밖이어서 문제시하지 않거나 업신여기다. 안중에 없다.
- 눈에 이슬이 맺히다: 눈물이 글썽해지다.
- 눈에 익다: 여러 번 보아서 익숙하다.
- 눈에 차다: 흡족하게 마음에 들다.

- 눈에 천불이 나다: 열기가 날 정도로 눈에 거슬리거나 화가 나다.
- 눈에 헛거미가 잡히다: ㉠굶어서 기운이 빠져 눈이 아물거리다. ㉡욕심에 눈이 어두워 사물을 바로 보지 못하다.
- 눈에 흙이 들어가다: 죽어서 땅에 묻히다.
- 눈을 맞추다: ㉠서로 눈을 마주 보다. ㉡남녀가 서로 사랑의 눈치를 보이다.
- 눈을 밝히다: 주의나 관심을 집중시키다.
- 눈을 붙이다: 잠을 잠깐 자다.
- 눈을 주다: ㉠약속의 뜻으로 가만히 눈짓하다. ㉡눈길을 그쪽으로 돌리다.
- 눈이 가다: 보는 눈이 향하여지다.
- 눈이 꺼지다: 눈이 우묵하게 들어가다.
- 눈이 높다 : ㉠정도 이상의 좋은 것만 찾는 버릇이 있다. ㉡안목이 높다.
- 눈이 뒤집히다: ㉠환장을 하다. ㉡몹시 참혹한 일을 당하여 제정신을 잃다.
- 눈이 등잔만 하다: 놀라거나 성이 났을 때 눈이 휘둥그레지다.
- 눈이 많다: 보는 사람이 많다.
- 눈이 맞다: 두 사람의 마음이나 눈치가 서로 통하다.
- 눈이 빠지도록 기다리다: 몹시 애타게 기다리다.
- 눈이 삐다: 뻔한 것을 잘못 보고 있다.
- 눈이 시퍼렇게 살아 있다: 멀쩡하게 살아 있다.
- 눈이 캄캄하다: 정신이 아찔하고 생각이 콱 막히다.

● 눈이 휘둥그레지다: 놀라거나 두려워서 눈이 휘둥그렇게 되다.

참으로 다양하게 쓰이고 있다. 관용구 안에서 '눈'은 '시력, 보여짐, 마음, 눈길' 등의 의미로 쓰였다.

6. 코[鼻]

● 코가 꿰이다: 약점이 잡히다.
● 코가 납작해지다: 몹시 무안을 당하거나 기가 죽다.
● 코가 높다: 잘난 체하고 뽐내는 기세가 있다.
● 코가 땅에 닿다: 머리를 깊이 숙이다.
● 코가 비뚤어지게: 잔뜩 취할 정도로 술을 많이 마시는 모양.
● 코가 빠지다: 근심이 쌓여 맥이 빠지다.
● 코가 우뚝하다: ㉠의기양양하다. ㉡잘난 체하며 거만하게 굴다.
● 코를 맞대다: 아주 가까이 마주 대하다.
● 코를 찌르다: 나쁜 냄새가 심하게 나다.
● 코 묻은 돈: 어린아이들이 가진 적은 돈.
● 코에 걸다: 무엇을 자랑삼아 내세우다.

관용구 안에서 '코'는 '기세, 냄새, 권위' 등의 의미로, 그 형태와 기능에 연관되어 쓰이고 있다.

7. 가슴[胸]

● 가슴에 맺히다: 통절한 원한이나 근심 따위가 가슴에 꽉 차다.

- 가슴에 못을 박다: 마음속 깊이 원통한 생각을 맺히게 하다.
- 가슴에 불이 붙다: 감정이 격해지다.
- 가슴에 새기다: 오래도록 잊지 않게 단단히 기억하다.
- 가슴에 손을 얹다: 마음을 가라앉히고 조용히 생각하다.
- 가슴을 앓다: 뜻대로 되지 않아 마음의 고통을 느끼다.
- 가슴을 짓찧다: 마음에 심한 고통을 받다.
- 가슴을 헤쳐 놓다: 마음속의 생각을 숨김없이 다 털어놓다.
- 가슴이 내려앉다: ㉠몹시 놀라거나 맥이 풀리다. ㉡너무 슬퍼서 마음을 다잡기 어렵게 되다.
- 가슴이 두 근 반 세 근 반 한다: 가슴이 매우 세차게 두근거리다. 가슴이 두방망이질을 한다.
- 가슴이 뜨끔하다: 충격을 받아 마음이 깜짝 놀라거나 양심의 가책을 받다.
- 가슴이 무겁다: 슬픔이나 걱정으로 마음이 가라앉다.
- 가슴이 무너져 내리다: 심한 충격으로 마음을 다잡기 힘들게 되다.
- 가슴이 미어지다: 슬픔·감동·고통 등으로 견디기 힘들다.
- 가슴이 벅차다: 기쁨이나 자부심이 마음에 가득 차서 넘치는 듯하다.
- 가슴이 뻐근하다: 걱정이나 한탄 따위로 뿌듯하고 아픈 느낌이다.
- 가슴이 뿌듯하다: 만족감으로 그득하여 흐뭇하다.
- 가슴이 설레다: 기쁨·기대 또는 불안 등으로 가슴이 두근거리다.
- 가슴이 섬뜩하다: 몹시 놀라서 무섭거나 두려운 느낌이 들다.

- 가슴이 아프다: 마음이 몹시 쓰리다.
- 가슴이 찔리다: 양심의 가책을 받다.
- 가슴이 찢어지다: 슬픔·괴로움·분함 등이 커서 가슴이 째지는 듯한 고통을 느끼다.
- 가슴이 콩알만 하다: 불안하고 초조하여 마음을 펴지 못하게 되다.
- 가슴이 터지다: 슬픔·괴로움·미움·분함 따위로 가득 차 견디기 힘든 고통을 느끼다.

역시 관용구 안에서 '가슴'은 '마음'의 의미가 압도적이다. 마음과 관련된 '기쁨, 자부심, 슬픔, 불안, 양심, 생각' 등의 의미가 강하다.

8. 다리[脚]

- 다리를 뻗고 자다: 걱정과 시름을 잊고 편히 자다.

다리를 뻗는 행위를 편안함과 관련하여 사용한 관용구이다.

9. 목

- 목에 칼이 들어와도: 무슨 일이 닥치더라도 굽히지 않고 끝까지 버틴다는 말.
- 목에 핏대를 세우다: 몹시 노하거나 흥분하여, 목에 핏줄이 불뚝 드러나게 하다.
- 목에 힘을 주다: 거드름을 피우거나 남을 깔보는 듯한 태도를

취하다.

- 목을 걸다: ㉠목숨을 바칠 각오를 하다. ㉡직장에서 쫓겨나는
위험을 무릅쓰다.
- 목을 놓아: 참거나 삼가지 않고 소리를 크게 내어.
- 목을 따다: 목을 자르다.
- 목을 베다: 목을 자르다.
- 목을 빼다: 몹시 초조하게 기다리다.
- 목을 자르다: 직장에서 쫓아내다.
- 목을 조이다: 괴롭혀 망하게 하거나 못살게 하다.
- 목을 축이다: 목이 말라 물이나 술 따위를 마시다.
- 목이 간들간들하다: ㉠목숨이 위태롭다. ㉡어떤 직위에서 쫓겨
날 형편에 놓여 있다.
- 목이 날아가다: ㉠죽음을 당하다. ㉡직장에서 쫓겨나게 되다.
- 목이 붙어 있다: ㉠겨우 살아 있다. ㉡겨우 해고를 면하다.
- 목이 빠지게 기다리다: 몹시 안타깝게 기다리다.
- 목이 잠기다: 목이 쉬어서 목소리가 잘 나오지 않게 되다.
- 목이 타다: 심하게 갈증을 느끼다.

관용구 안에서 '목'은 '생명'의 의미가 강하다. 신체의 모든 신경
이 그 가느다란 통로를 통해 두뇌의 생각을 하체에 전달하는 기능
을 하니 그럴 수 있으리라 생각한다.

10. 팔

● 팔을 걷고 나서다: 어떤 일에 적극적으로 나서다. 팔을 걷어붙이다.

● 팔을 걷어붙이다: 팔을 걷고 나서다.

관용구에서 '팔'은 흔히 나타나지 않지만, '적극성'을 상징하고 있다.

11. 어깨[絹]

● 어깨가 가볍다: 무거운 책임이나 부담에서 벗어나 홀가분하다.

● 어깨가 무겁다: 무거운 책임을 져서 마음에 부담이 크다.

● 어깨가 움츠러들다: 떳떳하지 못하게 여기거나 창피하고 부끄러운 기분을 느끼다.

● 어깨가 으쓱거리다: 뽐내고 싶은 기분이 되다. 떳떳하고 자랑스럽게 여기다.

● 어깨가 처지다: 힘이 빠져 어깨가 늘어지다. 낙심하여 풀이 죽고 기가 꺾이다.

● 어깨로 숨을 쉬다: 어깨를 들먹거리며 괴로운 듯이 숨을 쉬다.

● 어깨를 겨누다: 대등한 위치에 서다. 서로 비슷한 세력이나 힘을 가지다.

● 어깨를 겯다: ㉠어깨를 나란히 대고 상대의 어깨 위에 서로 손을 올려놓다. ㉡같은 목적을 위하여 행동을 같이하다.

● 어깨를 나란히 하다: ㉠나란히 서거나 나란히 걷다. ㉡어깨를

겨누다. ⓒ같은 목적으로 함께 일하다.

● 어깨를 으쓱거리다: 자신감이 생기다. (사람이) 떳떳하고 자랑
  스러워

'어깨'는 관용구 안에서 '책임감, 떳떳함' 등의 의미가 강하다. 어
떤 조직에서도 어깨에 차는 견장(肩章)은 권위의 상징이기도 하지
만, 늘 책임이 수반된다.

12. 머리[頭]

● 머리가 가볍다: 상쾌하여 마음이나 기분이 거뜬하다.
● 머리가 굳다: ㉠완고하다. ㉡기억력 따위가 무디다.
● 머리가 굵다: 머리가 크다.
● 머리가 깨다: 생각하거나 이해하는 정도가 뒤떨어지지 않다.
● 머리가 돌다: ㉠임기응변으로 생각이 잘 떠오르다. ㉡정신이
  이상하게 되다. ㉢생각이 혼란스럽고 복잡하다.
● 머리가 돌아가다: 생각이 잘 떠오르거나 미치다. 두뇌 회전이
  빠르다.
● 머리가 무겁다: 기분이 좋지 않거나 골이 띵하다.
● 머리가 복잡하다: 고민이 많다.
● 머리가 수그러지다: 존경하는 마음이 일어나다.
● 머리가 아프다: 머릿살(이) 아프다.
● 머리가 젖다: 어떤 사상이나 인습 따위에 물들다.
● 머리가 크다: 성인이 되다.

- 머리를 감다: 머리를 물로 씻다.

- 머리를 굴리다: 머리를 써서 묘안을 생각해 내다.

- 머리를 굽히다: 굴복하다.

- 머리를 깎다: ㉠승려가 되다. ㉡〈속〉복역하다.

- 머리를 내밀다: 어떤 자리에 모습을 나타내다.

- 머리를 들다: ㉠눌려 있었거나 숨겨 온 생각, 의심 따위가 겉으로 드러나다. ㉡차차로 세력을 얻어 세상에 알려지게 되다.

- 머리를 맞대다: 어떤 일을 의논하거나 결정하기 위해 서로 마주 대하다.

- 머리를 모으다: ㉠중요한 이야기를 하려고 바투 모이다. ㉡여러 사람의 의견을 종합하다.

- 머리를 숙이다: ㉠머리를 굽히다. ㉡수긍하거나 경의를 표하다. ㉢사죄하다.

- 머리를 스치다: 갑자기 생각이 떠오르다.

- 머리를 식히다: 흥분한 감정이나 긴장된 기분을 풀어 마음을 가라앉히다.

- 머리를 싸매다: 있는 힘을 다하여 노력하다.

- 머리를 썩이다: 어려운 일에 부닥쳐 몹시 애를 쓰다.

- 머리를 쓰다: 어떤 일에 대해 이모저모 깊이 생각하거나 방법을 찾아내다.

- 머리를 얹다: ㉠여자의 긴 머리를 두 갈래로 땋아 엇바꾸어 양쪽 귀 뒤로 돌려서 이마 위쪽에 한데 틀어 얹다. ㉡어린 기생 등이 자라서 머리를 쪽 찌다. ㉢시집가다.

● 머리를 얹히다: ㉠어린 기생과 관계를 맺어 그 머리를 얹어
  주다. ㉡처녀를 시집보내다.
● 머리를 쥐어짜다: 몹시 애를 써서 궁리하다.
● 머리를 짓누르다: 정신적으로 강한 자극이 오다.
● 머리를 풀다: 부모상(喪)을 당하여 틀었던 머리를 풀다.
● 머리를 흔들다: ㉠진저리 치다. ㉡거절하거나 부인하다.
● 머리에 그리다: 상상하다.
● 머리에 새겨 넣다: 단단히 기억해 두다.
● 머리에 서리가 앉다: 머리가 희끗희끗해지다. 늙다.
● 머리에 피도 안 마르다: 아직 어른이 되려면 멀었다. 또는 나이
  가 어리다.

　인간은 생각하는 동물이다. 모든 사고는 두뇌로부터 비롯된다.
이에 '머리'에 관련된 관용구는 그 수도 많지만, 의미 또한 '사고'의
의미가 강하다.

13. 배[腹]

● 배가 남산만 하다: ㉠아기를 밴 여자의 배가 몹시 부르다. ㉡되
  지 못하게 거만하고 떵떵거림을 이르는 말.
● 배가 맞다: ㉠남녀가 남모르게 서로 정을 통하다. ㉡떳떳하지
  못한 일을 하는 데 서로 뜻이 통하다.
● 배가 아프다: 남이 잘되어 심술이 나다.
● 배를 내밀다: 남의 요구에 응하지 않고 버티다.

- 배를 두드리다: 생활이 풍족하여 안락하게 지내다.
- 배를 불리다: 재물이나 이득을 많이 차지하여 욕심을 채우다.
- 배를 앓다: 남이 잘되는 것에 심술이 나서 속을 태우다.
- 배에 기름이 오르다: 살림이 넉넉해지다.

관용구 안의 '배'는 '심술, 욕심, 풍족'의 의미를 지닌다. 배가 부르다는 것은 인간의 본능에서 식욕에 충족함이니, 이와 관련되어 관용구 안에서 역할을 하는 것이다.

14. 등[背]

- 등에 업다: 남의 세력에 의지하다.
- 등을 대다: 등에 업다.
- 등을 돌리다: 뜻을 같이하던 사람이나 단체와 관계를 끊고 돌아서다.
- 등을 벗겨 먹다: 옳지 못한 방법으로 남의 재물을 빼앗다.
- 등을 타다: 산등성이로 따라 가다.
- 등이 달다: 마음대로 되지 않아 안타까워하다.
- 등이 닿다: ㉠소나 말의 등이 안장에 닿아 가죽이 벗겨지다. ㉡ 뒤로 힘 있는 곳에 의지하게 되다.

관용구 안에서 '등'은 '배경, 세력' 등의 의미가 강하다. 등 자체가 지닌 '뒷부분'이라는 뜻에서 파생된 것으로 보인다.

15. 볼

● 볼을 적시다: 눈물을 흘리다.

● 볼이 붓다: 못마땅하여 뾰로통하게 성이 나다.

관용구 안에서 '볼'은 성격이나 감정의 의미가 강하다.

16. 이마

● 이마를 맞대다: 함께 모여 의논하다.

● 이마에 내 천(川) 자를 쓰다: 마음이 언짢거나 수심에 싸여 얼굴을 잔뜩 찌푸리다.

● 이마에 피도 안 마르다: 아직 어리다.

관용구 속에서 '머리'와 비슷하게 '의논, 마음 상태' 등의 의미가 강하게 쓰이고 있다.

17. 허리[腰]

● 허리가 꼿꼿하다: ㉠나이에 비하여 젊다. ㉡몸이 피로하다.

● 허리가 부러지다: ㉠당당한 기세가 꺾이고 재주를 펼 수 없게 되다. ㉡아주 우습다. ㉢어떤 일에 대한 부담이 감당하기 어려운 상태가 되다.

● 허리를 굽히다: ㉠허리를 구부려 절하다. ㉡남에게 겸손한 태도를 취하다. ㉢남에게 굴복하다.

● 허리를 못 펴다: 남에게 굽죄여 지내다.

- 허리를 잡다: 웃음을 참을 수 없어 고꾸라질 듯이 마구 웃다.
- 허리를 펴다: 어려운 고비를 넘기고 편하게 지낼 수 있게 되다.

관용구 속에서 '허리'는 '줏대, 주체'의 뜻이 강한 편이다.

이상에서 총 17개의 인체어를 중심으로 관용구 속에서의 의미를 알아보았다. 그 결과 신체의 역할과 관련되어 파생된 경우가 대부분이었으며, 활용도가 높은 인체어들은 특히 사용 빈도수가 많거나 생각과 관련된 것들이었다. 이러한 인체어들이 관용구 속에 확장된 의미로 쓰였다.

42 통일을 대비한 북한어 일고찰

2018년 5월, 남북 간 분위기가 참으로 좋다. 서로 체제를 인정하고 핵 개발을 포기하며 영원한 종전으로 정리되는 분위기이다. 통독 이야기가 결코 남의 이야기가 아니라는 생각으로 온 국민들이 통일에 대한 기대감에 들떠가는 요즈음이다.

반백 년 이상 언어생활이 단절된 상태에서 남북한 언어는 심각할 정도는 아니지만, 차이가 다소 나타나고 있다. 과연 얼마나 차이가 날까?

최근의 상황에 맞추어, 북한어의 현재 모습을 살펴보는 것은 매우 뜻깊은 일이 아닐 수 없다. 국립국어원에서 발간한 『표준국어대사전』(2014)에는 북한어 60,755개가 수록되어 있는데, 그 중에서 지면 관계상 일부분만 생각해 보고자 한다.

참고로 이 사전에 등록한 북한어는 ≪조선말대사전≫(1992)을 근간으로 한 것인데, 'ㄱ' 부분은 8,806개, 'ㄴ' 부분은 2,598개, 'ㄷ' 부분은 4,945개, 'ㄹ'부분은 6,957개, 'ㅁ' 부분은 3,323개, 'ㅂ' 부분은 5,940개, 'ㅅ' 부분은 5,300개, 'ㅇ' 부분은 7,275개, 'ㅈ' 부분은 6,193개,

'ㅊ' 부분은 2,182개, 'ㅋ' 부분은 657개, 'ㅌ' 부분은 1,128개, 'ㅍ' 부분은 1,470개, 'ㅎ' 부분은 3,981개이다.

여기에서는 'ㄱ' 부분 중에 특기할 만한 것을 뽑아서 몇 개만 보겠다.

- 가갸시절: 글자를 처음 배우던 시절이라는 뜻으로, 아는 것이 없고 어린 때를 이르는 말.
- 가굴가굴: 고불고불 감겨 있는 모양.
- 가까운갈래: 근친(近親). 가까운 친척
- 가꿈새: 가꾸는 데서 나타나는 모양새나 솜씨
- 가느슥히: 꽤 가느스름하게.
- 가느초롬하다: 작고 가느스름하다.
- 가는바람: 약하게 솔솔 부는 바람.
- 가늘죽하다: 좀 가늘다.
- 가다금: 가다가
- 가닿다: 「1」 일정한 대상에게 몫으로 배당되다. 「2」 일정한 수준이나 정도에 이르거나 올라서다.
- 가두다: 「1」 폈던 팔다리를 오그리다. 「2」 날짐승이 폈던 날개를 접어 붙이다. 「3」 흐리멍덩해졌거나 풀렸던 정신이나 마음을 다잡다.
- 가두라들다: 「1」 뻣뻣하게 되면서 오그라들다. 「2」 긴장하여 몸이 펴지 못하게 굳어지다. 「3」 마음이나 심리 상태가 몹시 긴장하여

죄어들다.

- 가들랑가들랑하다: 멋없이 가볍게 행동하다.
- 가라지다: 기운이 수그러져 힘이 약해지다.
- 가락지빵: 도넛
- 가랑거리다: 눈에 눈물이 가득 고이다.
- 가렬처절(苛烈悽絶)하다: 싸움이 몹시 세차고 말할 수 없이 처절하다.
- 가로뿌리다: 「1」 옆으로 퍼져 나가게 뿌리다. 「2」 세찬 바람이 눈이나 비 따위를 옆으로 뿌리게 하다.
- 가루소젖: 분유(粉乳)
- 가률(家律): 한 집안에서 세워진 규율이나 기풍.
- 가릅떠보다: 얄미운 듯 가로 칩떠보다.
- 가마가맣다: 아주 가맣다.
- 가마뚝: 부뚜막
- 가마붙이: 가마나 솥 따위를 통틀어 이르는 말.
- 가마치: 누룽지
- 가무려넣다: 「1」 감쪽같이 입 속에 넣어 먹어 버리거나 후무리다. 「2」 남이 모르게 속 안에 감추어 넣다.
- 가무슥하다: 조금 감은 듯하다.
- 가밀가밀하다: 좀 검은 듯한 것이 이리저리 움직이다.
- 가밋가밋하다: 빛깔이 군데군데 조금 산뜻하게 검은 듯하다.
- 가불가불: 순하게 이리저리 까부라져 있는 모양.
- 가불딱하다: 작은 것이 몸을 한 번 조금 빠르게 굽혔다 펴다.

- 가뿍하다: 가득하게 차 있다.
- 가솔(加率)하다: 더 보충하여 거느리다.
- 가숙사(假宿舍): 임시로 지은 숙소. 또는 임시로 쓰는 숙소.
- 가스스하다: 사람이나 짐승의 짧은 털이 조금 거칠게 일어나 있다.
- 가슴굽: 가슴의 가장 밑부분.
- 가슴띠: 브래지어
- 가슴헤염: 평영(平泳)
- 가시물: 개숫물
- 가실가실하다: 털 따위가 기름기가 거의 없이 무질서하고 잘게 고부라져 있다.
- 가우(佳友): 좋은 친구
- 가위선: 어떤 물체의 가장자리를 이루는 선.
- 가을놓이: 「1」 가을에 받기로 하고 외상으로 상품을 파는 일. 또는 그 상품. 「2」 가을에 받기로 하고 빚을 놓는 일. 또는 그 빚.
- 가족각: 가족 단위의 휴양객들이 쉬는 건물.
- 가죽거북: 장수거북
- 가지: 금방
- 가짐: 무용수가 춤을 추면서 취하는 동작
- 가쯘가쯘하다: 그루나 가장자리가 들쭉날쭉하지 않고 가지런하다.
- 가창시위(歌唱示威): 정치 선전과 선동을 목적으로 대열을 지어 노래를 부르며 행진하는 시위.
- 가촉(加促): 더욱 다그침.

- 가치르르하다: 여위어 살결이나 털이 보드랍지 못하고 조금 거친 듯하다.
- 각다듬다: 정성스럽게 다듬다.
- 각삭거리다: 키가 작은 사람이 좀 얄밉게 다리를 옮겨 디디며 계속 걷다.
- 간간절절(懇懇切切)하다: 뼈에 사무치게 매우 간절하다.
- 간그릇: 반들반들하게 갈아서 만든 토기.
- 간드락간드락: 작은 물체가 매달려 자꾸 조금 느리게 흔들리는 모양.
- 간살웃음: 간사스럽게 몹시 아양을 떨면서 웃는 웃음.
- 간새: 반찬이나 반찬거리
- 간저녁: 지난 저녁
- 간참하다: 참견하다
- 갈군: 개간할 때, 가래를 치는 일을 맡은 일꾼.
- 갈깃거리다: 곁눈으로 새침하면서도 가볍게 자꾸 흘겨보다.
- 갈라보다: 「1」 나누어서 여럿이 따로따로 보다. 「2」 분담하다. 「3」 구별하다.
- 갈마돌다: 서로 번갈아 돌아치다.
- 갈매화되다: 흙 속의 유기 물질이 분해될 때 흙 속에 있는 철, 망가니즈를 비롯한 광물질이 아산화물로 변화되다.
- 갈아쉬다: 숨을 내쉬고 들이쉬고 하는 것을 거듭하다.
- 갈이하다: 물고기가 강바닥에 몸을 비벼 대면서 알을 슬다.
- 갉지르다: 손톱이나 발톱, 칼 따위의 날카로운 것으로 굳은 물

체를 세게 허비다.

- 감는자: 줄자
- 감때군: 생김새나 모양이 매우 험상궂고 몹시 사나운 사람.
- 감물다: 입술을 감아 들여서 꼭 물다.
- 감서리다: 안개 같은 것이 무엇을 친친 감듯 잔뜩 끼다.
- 감싯감싯하다: 어떤 부위가 또렷이 가무스름하다.
- 감아입다: 좋은 옷을 요란하게 차려입다.
- 감작(甘作): 아무 불만 없이 어떤 일을 달갑게 받아서 하는 일.
- 감쳐쥐다: 손아귀에 바싹 감아서 쥐다.
- 갑삭: 고개나 몸을 가볍게 조금 숙이는 모양.
- 갑작끓기: 튐
- 강강(強剛)하다: 마음이나 의지가 강하고 굳세다.
- 강낭기름/강냉이기름: 옥수수기름
- 강달음: 매우 세차게 달림. 또는 그런 달음.
- 강떼: 생떼
- 강명(強名)하다: 적합하지 아니한 이름을 억지로 주다.
- 강목다짐: 우격다짐
- 강충: 「1」 겉에 입은 것이 아랫도리가 드러날 정도로 매우 짧은 모양. 「2」 매우 짤막한 것이 툭 끊어진 듯한 모양.
- 갖추매: 갖추거나 마련한 모양새나 차림.
- 개고막이: 갯바닥에 낸 물꼬를 막는 일.
- 개끼다: 갑자기 재채기를 하듯이 연거푸 기침을 하다.
- 개시시: 눈이 풀려서 정기가 없이 흐리멍덩한 모양

- 개울개울하다: 작은 물체가 이리저리 자꾸 귀엽게 기울어지다.
- 개킴새: 갠 모양새.
- 개피다: 배앓이를 하여 똥에 곱 같은 것이 조금씩 섞이면서 뒤가 무직하여 잘 나오지 않다.
- 갤씀갤씀하다: 여럿이 다 곱살스러우면서도 트인 맛이 나게 갸름하다.
- 갱핏하다: 몸집이나 생김새가 여윈 듯하고 칼칼하다.
- 갸울딱: 작은 물체가 깜찍하게 한쪽으로 많이 기울어지는 모양
- 걀쏨하다: 깜찍하면서도 트인 맛이 나게 갸름하다.
- 거내우(居內憂): 어머니의 상사를 당함.
- 거리죽음: 객사(客死)

이상의 어휘들을 가만히 검토해 보면 몇 가지 특징이 있다. 북한의 표준어는 문화어라 하는데, 평양말을 중심으로 삼았기에, 남한 측의 서울말을 기준으로 한 표준어와 거리가 있다. 또 대체로 고유어 형태를 유지하고 있으며, 한자어를 풀어서 쓰는 방식이 많다.

단순히 산술적으로 남측의 『표준국어대사전』에 수록된 약 60만 어휘 중 6만 어휘 가량이 북한어인 것을 보면, 남북한의 어휘 차이는 불과 10%이다. 이 말은 90% 이상은 같다는 말인데, 10%의 차이 때문에 언어 소통에 큰 지장이 있을 정도는 아니다. 남북한 언어학자들이 과거 중국과 북한에서 만나 점점 멀어지는 남북 언어 차이를 좁히고자 노력한 적이 있었다. 이러한 시도가 다시 있어야 할 때가 되었다. 더 차이가 벌어지기 전에 서로 만나 협의할 필요가 있는 것이다.

재밌는 상황을 만들어 보자. 위에 제시된 어휘들로 일상적인 문장을 작위적으로 만들어 보겠다.

(북: 가갸시절, 가까운갈래끼리 가락지빵을 가루소젖 탄 물과 같이 먹었다. 가마뚝에 앉아 감아입은 갖추매로 갱핏한 몸에서 입술을 감문 모습은 참 귀여웠다.)

(남: 어린 시절, 가까운 친척끼리 도넛을 분유 탄 물과 같이 먹었다. 부뚜막에 앉아 옷을 요란하게 차려 입은 모양새로 여윈 몸에서 입술을 꼭 문 모습은 참 귀여웠다.)

언어적 차이는 아니지만, 방언적 차이를 느낄 만한 문장이다. 북측의 문장에 대해 대략 느낌은 오지만 완전한 이해는 어렵다. 그러나 이러한 상황은 의도적이고 작위적인 상황이었다. 이 정도로 문장이 이루어질 가능성은 없다. 설혹 이러한 상황이 생기더라도 재차 물어 다른 어휘로 대체하여 표현하면 의사소통에 큰 문제는 없으리라. 의사소통이 안 되면 또 어쩌랴. 서로 마음과 마음이 통하며 손짓과 발짓으로 의사를 교환하면 그만인 것을. 중요한 것은 한 언어를 쓰는 한 민족이면 그만이지, 언어는 그들 간의 생각 교환을 위한 매개체뿐인 것을.

43 복수 표준어가 있다

　표준어란 교육적·문화적으로 한 나라의 표준이 되는 말로, 우리 나라에서는 교양 있는 사람들이 두루 쓰는 현대 서울말로 정하고 있다. 따라서 응당 표준어는 하나가 되는 것이 원칙일 것이다. 그러나 언어 사회라는 것이 정말 복잡다단하여 표준어를 둘 이상 인정할 수밖에 없는 것이 실제 상황이다. 우리의 표준어 규정도 여유를 두어, 제3장 제26항에 복수 표준어 규정을 두고 있다.

　우리말을 관장하는 기관인 국립국어원에서도 언중들의 일상생활에 큰 영향을 미치는 사안으로 복수 표준어를 인식하고 사용 빈도가 높거나 표준어로 인정해야 한다는 요구가 높은 것을 선별하여 2011년부터 발표하고 있다.

　그러면, 최근까지 발표된 것까지 포함하여 복수 표준어는 어떤 것들인지, 사용 빈도수가 대체로 많은 것을 위주로 제시하면 다음과 같다.

　먼저 명사의 경우를 보자.

- 날개 : 나래
- 눈초리 : 눈꼬리
- 먹을거리 : 먹거리
- 목물 : 등물
- 넝쿨 : 덩굴
- 눈대중 : 눈어림 : 눈짐작
- 묏자리 : 묫자리
- 세간 : 세간살이
- 허섭스레기 : 허접쓰레기
- 단옷날 : 단오
- 품세 : 품새
- 장난감 : 놀잇감
- 강울음 : 건울음 : 겉울음
- 부나비 : 불나비
- 의논 : 의론
- 구안괘사 : 구안와사
- 괭이밥 : 작장초 : 초장초
- 쇠고기 : 소고기
- 가락엿 : 가래엿
- 감감무소식 : 감감소식
- 갱엿 : 검은엿
- 고깃간 : 푸줏간
- 귀퉁머리 : 귀퉁배기
- 깃저고리 : 배내옷 : 배냇저고리
- 꼬리별 : 살별
- 나귀 : 당나귀
- 늦모 : 마냥모
- 다박나룻 : 다박수염
- 댓돌 : 툇돌
- 냄새 : 내음
- 뜰 : 뜨락
- 손자(孫子) : 손주(손자, 손녀 포함)
- 내리글씨 : 세로글씨
- 녘 : 쪽
- 태껸 : 택견
- 복사뼈 : 복숭아뼈
- 고운대 : 토란대
- 토담 : 흙담
- 광어 : 넙치
- 자장면 : 짜장면
- 잎사귀 : 잎새
- 부나방 : 불나방
- 마을 : 마실
- 가오리연 : 꼬리연
- 눈두덩 : 눈두덩이
- 속병 : 속앓이
- 가는 허리 : 잔허리
- 가뭄 : 가물
- 개수통 : 설거지통
- 것 : 해
- 거위배 : 횟배
- 구들재 : 구재
- 꼬까 : 때때 : 고까
- 꽃도미 : 붉돔
- 느리광이 : 느림보 : 늘보
- 다달이 : 매달
- 닭의장 : 닭장
- 덧창 : 겉창

- 동자기둥 : 쪼구미
- 뒷갈망 : 뒷감당
- 딴전 : 딴청
- 땔감 : 땔거리
- 마파람 : 앞바람
- 봉숭아 : 봉선화
- 발모가지 : 발목쟁이
- 뾰두라지 : 뾰루지
- 심술꾸러기 : 심술쟁이
- 언덕바지 : 언덕빼기
- 옥수수 : 강냉이
- 딴죽 : 딴지

- 돼지감자 : 뚱딴지
- 뒷말 : 뒷소리
- 땅콩 : 호콩
- 뜬것 : 뜬귀신
- 무심결 : 무심중
- 민둥산 : 벌거숭이산
- 보조개 : 볼우물
- 시늉 : 흉내
- 척 : 체
- 엿기름 : 엿길금
- 우레 : 천둥
- 어저께 : 어제

동사와 형용사의 경우는 다음과 같다.

- 떨어뜨리다 : 떨구다
- 재롱떨다 : 재롱부리다
- 어금버금하다 : 어금지금하다
- 변덕스럽다 : 변덕맞다
- 들락거리다 : 들랑거리다
- 기세부리다 : 기세피우다
- 극성떨다 : 극성부리다
- 어수룩하다 : 어리숙하다
- 간질이다 : 간지럽히다
- 헛갈리다 : 헷갈리다
- 끼적거리다 : 끄적거리다
- 두루뭉술하다 : 두리뭉실하다
- 야멸치다 : 야멸차다

- 의심스럽다 : 의심쩍다
- 여쭈다 : 여쭙다
- 서럽다 : 섧다
- 독장치다 : 독판치다
- 다기지다 : 다기차다
- 기승떨다 : 기승부리다
- 메우다 : 메꾸다
- 게을러빠지다 : 게을러터지다
- 남우세스럽다 : 남사스럽다
- 거치적거리다 : 걸리적거리다
- 사그라지다 : 사그라들다
- 새치름하다 : 새초롬하다
- 교정보다 : 준보다

- 찌뿌듯하다 : 찌뿌둥하다
- 쌉싸래하다 : 쌉싸름하다
- 꼬이다 : 꼬시다
- 푸르다 : 푸르르다
- 까다롭다 : 까탈스럽다
- 마/마라/마요 : 말아/말아라/말아요
- 노라네/동그라네/조그마네 : 노랗네/동그랗네/조그맣네
- 삐치다 : 삐지다
- 허접스럽다 : 허접하다
- 관계없다 : 상관없다

- 치근거리다 : 추근거리다
- 주책없다 : 주책이다
- 예쁘다 : 이쁘다
- 거방지다 : 걸판지다
- 차지다 : 찰지다
- 꾀다 : 꼬시다
- 가엾다 : 가엽다
- 서두르다 : 서둘다

부사와 관형사의 경우이다. 통상 부사에서 모음조화 현상이 첩어의 경우에 지켜지는 것이 우세한데, 복수 표준어로 인정된 경우에, 이를 파괴한 경우가 있어 주의가 필요하다.

- 괴발개발 : 개발새발
- 들락날락 : 들랑날랑
- 만날 : 맨날
- 맨송맨송 : 맨숭맨숭/맹숭맹숭
- 아옹다옹 : 아웅다웅
- 섬뜩 : 섬찟
- 멀찌감치 : 멀찌가니 : 멀찍이
- 바른 : 오른

- 되우 : 된통 : 되게
- 연방 : 연신
- 곰곰 : 곰곰이
- 바동바동 : 바둥바둥
- 오순도순 : 오손도손
- 굽신 : 굽실
- 모쪼록 : 아무쪼록

그 외 조사(어미 포함), 감탄사 등의 경우는 다음과 같다.

- -기에 : -길래
- -뜨리다 : -트리다

- -이에요 : -이어요
- -거리다 : -대다
- 이키 : 이크

- -스레하다 : -스름하다
- -다마다 : -고말고
- 만큼 : 만치

44 한 번에 두 가지 뜻, 중의법

우리말 표현 중에 한 단어로 두 가지 이상의 뜻을 표현할 때가 있는데, 이를 '중의법'이라 하고, 이를 언어생활에 잘 활용하면 언어의 단조로움을 피할 수 있다. 다 아는 바와 같이 황진이의 시조 중 '청산리 벽계수야'에서 '벽계수'가 바로 중의법으로 쓰여, 푸른 시냇물인 원뜻과 당시 종실이었던 벽계수 이종숙을 중의적으로 표현했다.

또 다른 예를 보자. 사육신 중 한 사람인 성삼문이 지은 시조 중에, '수양산을 바라보며 이제를 한하노라.'에서 수양산은 '수양대군'과 '중국의 수양산'을 중의적으로 표현했다. 춘향전에도 중의법이 들어 있다. 춘향이의 대사 중 "동헌에 새 봄이 들어 이화춘풍(梨花春風)이 날 살렸네."에서 '이화춘풍'은 봄바람과 이몽룡, 둘을 표현하였다.

매화라는 조선시대 평양 기생이 춘설(春雪)이라는 동료 기생에게 애인을 빼앗기자 쓴, 다음 시조를 보자.

　　매화 옛 등걸에 봄철이 돌아오니
　　옛 피던 가지에 피엄직도 하다마는
　　춘설이 난분분(亂紛紛)하니 필동말동하여라.

　이곳에서 매화, 춘설은 각각 본래의 뜻인 매화꽃, 봄눈과 기생 각
각의 이름을 중의적으로 멋들어지게 표현하였다.

　〈노들강변〉이라는 노래를 작사한 신불출(申不出)이라는 분은 뛰
어난 만담가이며 항일투사였다고 하는데, 그는 자기의 작품에서
"사람이 왜 사느냐가 문제인 것이 아니라 어떻게 살 것인지가 문제
다. 그러므로 우리는 '왜'자라는 것을 아예 없애버려야 한다."라고
기술하면서 은근히 일본 척결을 암시하였다.

　중의법과 관련된 재미있는 김삿갓 일화가 있어 소개한다. 김삿갓
이 전국을 떠돌던 중, 어느 나루터에 도달했단다. 그런데, 뱃사공이
처녀라 김삿갓은 중의법을 절묘하게 사용한다. 노 젓는 배를 올라
탄 후, 처녀 뱃사공에게 "여보, 마누라"라고 큰 소리로 불렀단다. 이
에 놀란 처녀 뱃사공이 자신이 왜 당신 마누라이냐고 되묻자, "당신
의 배를 타고 있으니, 내 마누라 아닌가?"했단다. 그런데 이 상황은
이후에 반전이 된다. 잠시 후 강을 다 건너고 저만큼 걸어가는 김삿
갓을 향해 처녀뱃사공이 하는 말, "내 아들아?"라고 했단다. 김삿갓
이 자신의 배속에서 나갔으니 처녀 뱃사공의 아들이라는 말이다.
두 사람의 중의법 대결은 가히 걸작이 아닐까 한다.

　이번엔 현대시에서 쓰인 중의법을 보자. 변영로의 〈논개〉라는 시

를 보면, '아, 강낭콩보다도 더 푸른 그 물결 위에'에서 '물결'은 진주 남강의 물결도 뜻하지만, 우리의 유구한 역사를 뜻한다고 볼 수 있으니, 중의법의 예로 봐야겠다.

요즘 광고 문구에도 중의법은 단골손님처럼 등장한다. 철분 영양제를 선전하는 광고에서 '철없는 당신, 철 좀 들어라'라는 표현이나, '닭살의 경지를 느껴보세요. ○○치킨' 등이 바로 비근한 예이다. 광고 문구에서 이러한 표현은 광고에 위트와 참신함을 첨가함으로써 광고의 효과를 극대화하고 있다.

역시 말의 묘미는 어떻게 쓰느냐에 따라, 제이 제삼의 효과를 표현할 수 있다. 우리말에 이러한 중의법을 적절하게 활용함으로써 신선함과 웃음을 함께 가져갈 수 있으니 말이다.

45 영어 약어에 혼란스러운 사람들

세상은 너무 복잡하고 바쁘게 팽팽 잘도 돌아간다. 너무 숨 가쁘게 돌아가는 사회의 모습을 보면, 나만 흐름 속에 정지된 것 같기도 하고, 시대에 뒤떨어지는 것은 아닌지 불안하기도 하다. 언어도 하루가 다르게 시대의 모습을 좇아 변하고 있다. 특히 서양의 신식 문물을 수용하기 시작하면서 사물 지칭어보다는 사물이 먼저 한국에 정착하는 상황이다. 이에 따라 발 빠르게 지칭어를 붙이지 못하는 사회에서 외국어 그대로를 그냥 받아들이거나 순간적으로 수용된 임시적 의미의 지칭어를 남발하는 것이 현 실태이다.

최근 들어 영어 지칭어가 직수입되면서 영어 원어 전부를 그대로 들여와 표현하지 않고, 이마저도 아주 간략하게 줄인 약어(생략어)가 팽배하다. 특히 대문자 2~3개가량으로 간략하게 표현하는데, 너무 여러 가지의 용어를 이렇게 간단히 정리하다보니, 겹치는 경우가 나타나 더더욱 혼란스럽기까지 한다.

대표적인 몇 개를 보자.

- IT: Information Technology의 약어. 컴퓨터 하드웨어, 소프트웨어, 통신장비 관련 서비스와 부품을 생산하는 산업을 통칭.
- IT: Intelligence Test의 약어. 지능 검사.

- AI: Avian Influenza의 약어. 조류에게 유행하는 전염성 호흡기 질병. 조류 인플루엔자.
- AI: Artificial Intelligence의 약어. 인공지능.

- TF: Task Force의 약어. 어떤 분야에서 특정한 업무를 할당받아 해결하기 위해 편성되는 임시 조직.
- TF: Transfer Factor의 약어. 전달인자. 전달이행인자

- PT: Presentation의 약어. 프레젠테이션.
- PT: Physical Training의 약어. 유격 훈련.

- IC: Integrated Circuit의 약어. 집적회로. 반도체 소자.
- IC: Interchange의 약어. 2개 이상의 도로가 입체적으로 접속할 수 있도록 설계한 도로 교차지점

- JC: Junior Citizens의 약어. 국제청년회의소
- JC: Junction의 약어. 도로의 분기점

- IS: Islamic State의 약어. 이슬람 수니파 극단주의 무장단체
- IS: Intermediate School의 약어. '중학교'를 일컬음

- IP: Intellectual Property의 약어. 지식재산.
- IP: Information provider의 약어. PC통신망을 통해 정보를 제공해주고 대가를 받는 사업자.

- R&D: Research and Development의 약어. 연구개발.
- DB: Data base의 약어. 자료 뭉치.
- dB: decibel의 약어. 음의 세기를 나타내는 단위.

이상의 약어들을 우리말로 본 의미를 살려 써도 4음절 정도면 충분히 표현할 수 있다. 굳이 영어 약어를 고집하다보니, 영어 약어에 대한 학습이 선행되어야 하는 불편함이 있고, 중첩되는 경우도 많아 매우 혼란스럽다. 따라서 이에 대해 공공기관, 언론기관, 교육기관에서 이러한 영어 약어들을 우리말로 살려 쓰는 노력을 강구해야 할 것이다. 편리성을 추구하여 간략하게 표현하는 것도 좋을 때가 있다. 그러나 언중들의 이해가 선제되어야 할 것이다. 이를 충분히 고려한다면, 영어 약어보다는 우리말로 간단히 표현하는 것이 응당 올바른 길일 것이다.

46 심마니의 언어 세계

심마니는 '심메마니'의 준말로, '심'은 산삼의 고어(古語)이고, '메'는 '산(山)'의 고어이며, '마니'는 범어에서 '큰사람'을 뜻하는 'mani'에서 유래한 것이라고 한다. 옛날부터 산삼이 많이 나는 곳은 개마고원이 있는 함경도와 평안북도, 그리고 강원도 지역으로, 이곳들이 심마니들의 주 활동무대였다. 따라서 이들의 언어도 이들 지역의 방언들과 밀접한 관련을 맺고 있다.

또 그들은 산삼을 찾아내는 일이 인간의 능력을 벗어나는 초월적인 산신령의 영역이라 믿었으며, 신성불가침 구역에 대한 최소한의 예의와 산삼 약효의 신비성을 고려하여 그들만의 특별한 언어인 은어(隱語)를 사용하였다.

최근에 밝혀진 바에 의하면 남한의 경우 설악산 일대에 심마니 은어가 가장 많고, 오대산, 대성산, 대암산을 거쳐 소백산을 정점으로 해서 그 아래로 내려오면 은어는 실질적으로 사라진 형편이라 한다.

2011년 심마니 은어에 대한 글 한 편을 쓴 적이 있다. 쓰면서 심마니 은어의 세계를 알아본 결과 다음과 같은 것을 얻었다.

첫째, 한자(중국어)에서 기원한 은어가 전체(182개)의 30%인 54개 어휘였다. '고분성, 배분성, 선채마니, 초마니, 소쟁이, 육구, 양화' 등이 있다.

둘째, 의태어적 비유어가 24%(44/182)를 차지하였다. '건들게, 홀님이, 가락지, 도루발이, 우묵시레' 등이 있다.

셋째, 만주어에서 기원한 어휘가 7%(13/182)를 차지하였다. '토하리, 야사, 카쿠, 다알' 등이 있다.

넷째, 의성어적 비유어가 5%(9/182)를 차지하였다. '우둥탕, 수룽대, 앵아리, 웅지, 공공이, 툭툭이' 등이 있다.

다섯째, 색깔 표시어가 3%(5/182)를 차지하였다. '헤기, 노래기, 노랑지기, 흑실, 노랑지다' 등이 있다.

마지막으로 기타 언어에서 기원된 어휘가 2%(3/182) 있었다. '마나(범어), 만이(범어), 더구레(몽골어)' 등이 그것이다.

또 심마니 은어에서는 명사를 만드는 접미사가 여러 종류 나타났다. '-시리/실이, -기, -이'처럼 특별한 의미 없이 명사를 만드는 데 관여하는 접미사와 '-마니'처럼 사람이나 존재물을 나타내는 의미의 접미사가 수적으로 많이 나타났다.

심마니 은어 중 재미있는 것들을 몇 개 소개한다.

- 천문: 건믈게(바람), 종종이(별), 달(불), 헤기(눈), 매찰이(이슬), 노래기(해) 등
- 지리: 배분성(골짜기), 왁서기(바위), 사시미(길), 토시리(흙), 숨께(웅덩이) 등
- 인체: 부루치(눈), 골자래(머리), 번들개(눈썹), 논다리(피), 쥐아미(손) 등
- 인물: 소쟁이(아이들), 소개장마니(계집애), 윗만(어른), 어이님(능숙한 사람) 등
- 식물: 내피(2년생 산삼), 카쿠(3년 안된 산삼), 사구(사지생), 다말(산삼씨) 등
- 동물: 돌제비(다람쥐), 곰페(곰), 귀애기(닭), 노승(쥐), 노갱이(까마귀), 당혜(뱀) 등
- 기구: 감잡이(낫), 까바리(밥그릇), 농(시루), 디대(신발), 도자(식칼) 등
- 음식: 질(간장), 양연(궐련), 곰소(소금), 감사(고추장), 우케(물), 아랑즈이(소주) 등
- 의복: 굴개피(옷), 바징쿠(좁은 고의), 더구레(저고리), 고우(고의), 우저위(유삼) 등
- 시간: 낼나라(내일), 단절(한 여름), 오날나라(오늘), 황절(가을 무렵) 등
- 서술어: 노랑지다(나쁘다), 찌그리다(잠자다), 무그리다(자다), 이리연초(모여 쉬다) 등
- 기타: 곰(고함), 위대(신호 소리), 망(더 큰), 회굽이(임시 막

사), 업치기(인가) 등

   그들만의 의사소통을 위해, 타인들이 알아듣지 못하는 비밀성을 위해, 자신들만의 특권의식을 위해 심마니들은 은어를 줄곧 사용해 왔다. 그러나 은어의 사용도 시대의 흐름 탓인지 이제는 젊은 층이나 신입 심마니들에게서 이를 벗어나려는 시도가 이루어진다고 한다. 언어의 대중화와 소통의 측면에서는 그들의 탈피 시도가 격려될 만하지만, 언어의 다양함이나 우리말의 풍부한 표현 등을 고려하면 심마니 은어의 사라짐이 못내 아쉬울 뿐이다.

47 의태어가 지닌 어떤 틀이 있다

우리말 중 사람이나 사물의 모양이나 움직임을 흉내 내는 말인 의태어 중에는 어떤 일정한 틀이 있는 것이 몇 있다.

사람이나 동물 따위가 한꺼번에 움직이거나 한곳에 몰리는 모양, 액체가 갑자기 끓어오르거나 넘치는 소리나 모양, 쌓여 있던 물건들이 갑자기 무너져 내리거나 쏟아질 때 나는 소리나 그 모양 등을 표현하는 의태어에 '우르르'가 있다. 언뜻 이 단어는 '우루루'가 올바른 표현인 것처럼 느껴진다. 마치 음절의 형태도 일관성 있어 보이고 소리도 자연스러움이 있기 때문일 것이다. 이렇게 '-루루'가 뒤에 오는 단어 중에는 '대구루루, 댁대구루루, 덱데구루루, 떼구루루, 따구루루, 후루루' 등만 올바른 표현이다.

'우르르'와 비슷한 경우로 '조르르'가 있다. 이 의태어는 가는 물줄기 따위가 빠르게 흘러내리는 소리나 모양, 작은 물건 따위가 비탈진 곳에서 빠르게 미끄러져 내리는 모양, 작은 발걸음을 재게 움직여 걷거나 따라다니는 모양, 작은 것들이 한 줄로 고르게 잇따라 있는 모양 등을 일컫는 말이다. 이 단어도 '조루루'나 '조로로'가 올바른 표현이 아니다. 이와 비슷한 경우로, '고로로'가 아니라, '골고루', '소로로'가 아니라, '소르르', '호로로'가 아니라 '호르르'가 올바른 표현이다. 단 '호로로'의 경우, 호루라기나 호각 따위를 부는 소리인 '후루루'를 약하게 표현할 때는 쓸 수도 있다.

이상을 정리해 보면 통상 의태어에서 올바른 표현으로 인정하는 경우는 '-루루'나 '-로로'보다는 '-르르'가 많다는 것이다. 의태어에서는 이처럼 어떤 일정한 틀을 표준형으로 제시하는 경우가 있다. '-르르'로 표현하는 의태어들을 제시하면 다음과 같다.

'꽈르르, 대그르르, 도르르, 드르르, 뚜르르, 바르르, 반지르르, 빙그르르, 빤지르르, 뽀르르, 사르르, 쏴르르, 와르르, 으르르, 파르르, 흐르르, 희번지르르' 등이 있고, '-루루'형이 올바른 의태어들은 위에 제시한 '대구루루'형과 '후루루' 정도만 있을 뿐이다.

이와 비슷한 것으로 '쪼르륵'이 있다. 의태어에서는 대체로 '-르륵'으로 써야 올바른 표현이다. 같은 모음으로 연이어 적은 '쪼로록'이 옳을 듯하지만 그렇지 않다. '-르륵'으로 표현되는 단어들에, '까르륵, 꼬르륵, 끄르륵, 다르륵, 도르륵, 부르륵, 사르륵, 쓰르륵, 와르륵, 조르륵, 좌르륵, 찌르륵, 하르륵' 등이 있다. 그러나 '-로록'으로 써야 옳은 표기로는 '호로록'만 있다.

48 단어 중간이 소실되는 경우도 있다

언어마다 단어 내에서 자음이나 모음 같은 음운이나 음절 자체가 소실되는 경우가 있다. 이를 언어학 용어로는 'Syncopation'이라 하고, 굳이 우리말로 옮긴다면 '어중음 소실(語中音 消失)'이라 명명할 수 있다. 아주 흔한 현상은 아니지만 종종 나타난다.

우리말에도 이러한 현상은 나타나는데, 대체로 네 가지 형태이다.

첫째, 강세가 없는 모음이나 음절이 소실하는 경우이다. '종용(從容)하다'가 '조용하다'로, '비두루기[鳩]'가 '비둘기'로, '간난(艱難)'이 '가난'으로, '소옴[綿]'이 '솜'으로 변한 따위들이다. 이를 일종의 이화(異化) 현상으로 파악하기도 하는데, 이들의 공통점은 연이어서 나타나는 같은 음운에서 하나는 소실시키는 것이다. 각각 'ㅇ, ㅜ, ㄴ, ㅗ' 등이 중첩되면서 하나를 소실시킨 경우이다.

둘째, 'ㅎ'음의 약화 탈락으로 인해 어중음이 소실되는 경우이다. '가히[犬]'가 '가이'로 변했다가 '개'로, '버히다[斬]'가 '버이다'로 변했다가 '베다'로, '설흔[三十]'이 '서른'으로 변한 것들이 이에 해당된다. 음성학에서도 'ㅎ'은 [h]음을 지니지만 이것이 약화되어 [ɦ]으로 되다가 소실되는 경우가 흔한 편이다.

셋째, 'ㅅ'음이 모음 사이에서 'ㅿ'(훈민정음 창제 시 있었던 반치음으로, 음가는 [z])으로 약화하다가 아주 소실되는 경우이다. 'ᄆᆞᅀᆞᆷ[心]'이 'ᄆᆞᅀᆞᆷ'으로 약화 후 '마음'으로, 'ᄀᆞᅀᆞᆯ[秋]'이 'ᄀᆞᅀᆞᆯ'로 약화 후 '가을'로 변화한 경우이다.

마지막으로 자음이 소실되는 경우이다. 이 경우는 특별한 이유 없이 시간이 흐르면서 나타난 현상으로 보인다. 대표적인 예가 '나리[川]'가 'ㄹ'이 탈락하고 '내'가 된 경우이다.

이상의 경우를 살펴보면, 언어의 역사적 변천과정에서 나타나는 과정이지, 동시대에서 일어나는 음운 현상이 아님을 알 수 있다. 또한 인간의 발음상 편의를 위해 나타난 결과로 보아야 할 것이다.

49 'ㅌ'과 'ㅎ'

우리의 자음 중에 'ㅌ'과 'ㅎ'이 있다. 'ㅌ'은 목젖으로 콧길을 막고 혀끝을 윗잇몸에 대어 숨을 불어내면서 혀끝을 거세게 터뜨릴 때 나는 안울림소리로, 훈민정음 창제 때 'ㄷ'음에 획을 더해 만들었다. 'ㅎ'은 목청이 울리지 않을 정도로 목청을 좁히고 그 사이로 날숨을 내보낼 때 나는 무성성문마찰음(無聲聲門摩擦音)으로, 훈민정음 창제 때 같은 후음 계열인 'ㆆ(여린 히읗)'음보다 소리가 세게 난다고 하여 획을 더해 만들었다.

이 두 자음은 각각 어느 자음에 획을 더해서 만들어진 공통점이 있다. 그런데, 여기서 엉뚱한 생각이 든다. 획을 더했을 때, 어느 곳에 어떤 방향으로 했는지가 궁금해진다.

'ㅌ'의 경우는 'ㅋ'이 'ㄱ'에 가운데 부분에 가획을 하여 만들어진 것을 감안하면 'ㅌ' 또한 가운데에서 가획을 한 형태가 옳다. 그런데 요즘 우리는 'ㅌ'을 'ㅌ'의 형태, 즉 가획을 'ㄷ' 윗부분에 한 것을 쓰기도 한다. 창제 무렵의 『훈민정음언해』 부분을 보면 가운데 가

획을 한 'ㅌ'의 형태가 보이지, 위에 가획을 한 'ᴱ'의 형태는 보이
지 않는다.

'ㅎ'의 경우는 유성마찰음 'ㆁ'에서 가획을 해서 탄생했다. 우리는
현재 흔히 가로가획을 한 형태인 'ㅎ'을 쓰는데, 세로 가획을 한 'ㅎ'
형태도 같이 쓴다. 창제 무렵의 『훈민정음언해』 부분을 보면, 세로
가획을 한 'ㅎ'으로 되어 있다. 이것은 'ㅊ'의 경우도 마찬가지이다.

가운데 가획이냐, 윗부분 가획이냐 아니면 가로 가획이냐, 세로
가획이냐가 무엇이 중요하냐고 하겠으나, 세종대왕께서 애초에 만
들었을 때는 어떤 모양이었을까 밝혀보고 싶은 마음이다. 그분께서
는 가획을 과연 아무 생각 없이 하지 않았으리라 생각하기 때문이
다. 'ㅇ'의 경우도 세로 가획하면 'ㆁ(옛 이응)'이고 가로 가획하면
'ㆆ'이다. 별개의 자음이면서 각각 형태만 다를 뿐만 아니라, 발음까
지 '[ŋ]'와 '[ʔ]'으로 다르다.

그래서 창제 무렵의 『훈민정음언해』을 근거로 들어, 이들 각각의
원형을 확정해보고 싶다. 티읕은 가운데에 가로가획한 'ㅌ'이 옳고,
'ㅎ'과 'ㅊ'은 세로 가획한 'ㅎ'과 'ㅊ'이 창제 당시의 올바른 표기로
확정하고자 한다. 이렇게 확정을 하지만 또 다른 아쉬움이 남기는
한다. 당시 인쇄본을 만들면서 인쇄담당자가 그리할 수 있는 가능
성도 전혀 없지는 않다. 그러나 이를 인정하고 싶지는 않다.

발음이 중요하지, 굳이 자음의 형태는 뭐 그리 큰 문제이냐고 혹
자는 반박할 수 있겠다. 그러나 엉뚱하게 이 형태의 원형을 고집하

고 싶어 창제 때 문헌을 참고하여 이렇게 확정하고자 한다. 현대를 사는 우리도 두 가지 형태를 병행하여 쓰되, 원 글자의 형태를 알고 썼으면 하는 바람이다.

50 띄어쓰기가 왜 중요할까

간혹 우리말을 쓰면서 띄어쓰기 때문에 참 귀찮고 곤란할 때가 있다. 그래서 많은 이들이 의미만 통하면 되지, 띄어쓰기가 뭐 그리 중요하냐고 반박할 때가 더러 있다.

그런데 그게 아니다. 띄어쓰기가 의미를 구별하는 중요한 역할을 간혹 한다. 그래서 존재하는 것이다.

오 늘 밤 나 무 사 온 다.

위 문장은 띄어쓰기를 무시하고 배열하였다. 그런데 이 음절들로 문장을 이루다보면 참으로 다양한 문장이 가능하고 의미 또한 다 다르다.

1. 오늘밤 나무 사온다.
2. 오늘 밤나무 사온다.
3. 오늘밤 나 무 사온다.
4. 오늘밤, 나 무사 온다.
5. 오! 늘 밤나무 사온다.

예문 중에는 억지 문장도 더러 있을 수 있다. 그렇다고 전혀 불가능한 문장은 아니다. 이렇게 띄어 쓰는 방식에 따라 의미가 확연히 다르다. 그래서 띄어쓰기가 참으로 중요하다는 것이다.

통상 우리말의 띄어쓰기는 1896년 창간된 '독립신문'부터 본격적으로 시작되었다고 한다. 미국인 호머 헐버트 박사가 주창한 한글 띄어쓰기 도입을 독립신문에서 받아들여 적용하고, 이후 조선어학회가 1933년 띄어쓰기를 한글 맞춤법 통일안에 반영하면서 보편화한 것으로 알려져 있다.

이제는 많이 정착되어 잘 쓰이고 있지만, 아직도 이에 대해 관심을 덜 가지고 있는 것은 사실이다. 다음은 각종 인터넷에 띄어쓰기를 잘못해 일어난 일화가 몇 개 있어 소개한다.

- 몸만들어오세요.(원룸 광고 문구인데, 헬스클럽 광고 문구로 착각할 만하다.)
- ○○시체육회('○○ 시체 육회'로 오해받을 수 있는 섬뜩한 문구이다.)
- ○○시장애인당구협회('○○시장 애인 당구협회'로 이해할 수도 있다)

최근 SNS와 스마트폰용 메신저 프로그램 등에서 문자를 수시로 주고받는 시대이다. 이때 띄어쓰기를 지키다보면 시간이 오래 걸리고 불편하며 신속이 생명인 전달반응속도에도 어울리지 않는다. 그렇다고 띄어쓰기를 전혀 고려하지 않고 청소년들이 주고받는 시대 현실을 보면서 간혹 오해로 인해 갈등이 생기지나 않을까 걱정이다. 좀 불편하더라도 정확하고 올바른 표현을 쓰는 것이 현대를 참으로 슬기롭게 사는 현대인이 아닐까 한다.

51 이음절 이상 단어에 연결규칙이 있다?

어떤 언어든 자음과 모음의 결합으로 음절을 구성하고 단어를 이룬다. 영어의 경우도 어두자음군(단어 첫머리에 자음이 둘 이상)이 파열음(ㅂ·ㅃ·ㅍ·ㄷ·ㄸ·ㅌ·ㄱ·ㄲ·ㅋ처럼 공기를 터뜨리면서 내는 소리)으로 시작할 때 두 번째 자음은 유음(한글의 'ㄹ', 영어의 'r'·'l' 등)이 되지, 비음(ㄴ·ㅁ·ㅇ의 소리)이 올 수 없는 규칙[11])이 있다. 그래서 'pry, ply, try, dry, cry, cloth' 등은 가능해도, 'psipe, ksira, rfums' 등은 불가능한 것이다. 만약 불가능한 단어를 굳이 만들었다면, 자음 중 하나는 반드시 묵음(소리를 내지 않음)으로 처리해야만 가능하다. 이러한 사실은 만약 어떤 기업이 신상품을 만들면서 이름을 지을 때 고려해야 하는 것이다.

우리말에도 이런 규칙은 존재한다. 대체로 세 가지가 있는 것으로 알려져 있는데,

첫째, 앞 음절의 받침이 'ㄱ계통, ㄷ계통, ㅂ계통'이면 뒤 음절의

---

11) 김진우(2004:109)의 『언어』(탑출판사) 참조

첫소리는 발음상 된소리나 거센소리만 가능하다. 예를 들어 '늑대'
가 [늑때]로만 소리 나는 것이 가능하지, [늑대]로 소리 나지 않는다
는 것이다.

둘째, 앞 음절의 받침이 'ㄹ'이면 뒤 음절의 첫소리는 발음상 'ㄴ'
이 오지 못한다. 예를 들어, '달님'이 [달림]으로만 소리가 가능하
지, [달님]으로 소리 날 수 없다는 것이다.

셋째, 뒤 음절의 첫소리 'ㄹ'은 앞 음절 받침이 'ㄹ'일 때만 발음상
가능하다는 것이다. 예를 들어 '논리'도 [놀리]로만 소리가 가능하
지, [논리] 등으로 소리 나지 않는다는 것이다.

우리는 이러한 현상들을 사실 교육받지 않고 무의식중에 잘 실행
하고 있다. 그러다보니, 우리의 음절 연속도 이러한 규칙을 지키면
서 이루어졌다는 놀라운 면도 알 수 있다. 언어 현상이라는 것이 그
렇다. 중구난방으로 아무렇게나 이루어지는 것은 없다. 그 속에는
일정한 형식과 규칙이 내재해 있다는 것이다.

52 암돼지가 아니고 암퇘지라고

표준어 규정 제2장 제1절 제7항에는 '다음 단어에서는 접두사 다음에서 나는 거센소리를 인정한다. 접두사 '암-'이 결합되는 경우에도 이에 준한다.'라고 하면서 '다음 단어'로 제시한 어휘는 '수캉아지, 수캐, 수컷, 수키와, 수탉, 수탕나귀, 수퇘지, 수톨쩌귀, 수평아리' 등을 제시하였다.

이른바 'ㅎ종성체언'이라는 형태소에서 비롯된 현상이다. 조선시대까지만 하여도 100여 개가 있었던 ㅎ종성체언이 현대에는 고작 10개도 남지 않았다. '조, 그루, 살, 울, 하눌, 안, 한, 암, 수' 등이 그것이다.

이렇게 ㅎ종성체언이 점점 줄어드는 현상을 어떻게 봐야할까. 이 현상은 언중들이 ㅎ종성체언이 존재해야 할 당위성을 느끼지 못한다는 증거이다.

ㅎ종성체언 9개 형태소는 뒤에 [ㄱ, ㄷ, ㅂ, ㅈ]으로 시작하는 명사가 올 경우 [ㅋ, ㅌ, ㅍ, ㅊ]으로 변한다. 그래서 '암'과 '돼지'가

만나 복합어가 될 때에 '암돼지'가 아니고 '암퇘지'가 옳은 것이다. 그래서 표준어 규정에 제시된 9개 어휘가 있는 것이다.

그런데 이 규정이 좀 생각해 볼만한 것이 있다. '다음 단어'로 제시된 9개의 어휘만 ㅎ종성체언 규정에 맞춰 사용하고, 그 외의 어휘는 그렇지 못한 경우가 나타나면서 언중들을 혼동에 빠뜨린다. 즉 '수캐미, 수커미, 수케, 수코양이, 수콤, 수쿠렁이, 수탄추, 수펄, 수펌' 등이 옳은 표기가 아니라는 것이다. 이들은 모두 '수개미, 수거미, 수게, 수고양이, 수곰, 수구렁이, 수단추, 수벌, 수범'이 옳다는 이야기인데, 어떤 경우에는 ㅎ종성체언이 적용되고 어떤 경우에는 적용되지 않고.

ㅎ종성체언에 대해 혼란을 줄이는 방법은 두 가지가 있다. 먼저 일관성 있게 법칙이 적용되어야 혼란이 덜함을 생각할 때, '다음 단어'로 제시한 9개 어휘 이외의 것도 ㅎ종성체언 규정을 적용해야 한다고 본다. 그러니까 '수캐미, 수커미, 수케, 수코양이, 수콤, 수쿠렁이, 수탄추, 수펄, 수펌' 등을 올바른 표기로 봐야 한다는 말이다. 아니면, '암/수컷, 암/수캐, 암/수탉, 안팎' 등의 극소수 어휘만 제외하고 ㅎ종성체언 규정을 전부 인정하지 않는 것도 언중들의 혼란을 불식시키는 좋은 방법이다.

어린 아이들이나 외국인이 한글 어휘를 습득하면서 이상하게 생각하는 것이 ㅎ종성체언 부문이다. '살'과 '고기'가 붙은 복합어인데, '살코기'라 하고, '안'과 '밖'이 붙은 복합어인데, '안팎'으로 쓰니 말이다. 현재까지 남아 있는 ㅎ종성체언 9개는 차후로 '안, 암, 수' 정도만 최후까지 남을 성싶다. 다른 형태소들은 최후까지 살아남을 가능성이 크지 않으며, 세 개의 형태소 중 '암/수'마저도 ㅎ종성체 언의 자질을 소실할 가능성도 있다.

53 현행 외래어표기법의 문제와 대안

현용 외래어표기법은 1986년 1월 제정한 것으로, 우리의 음운체계를 무시하고 본말의 원음에 가깝게 표기하는 방법을 취한다. 즉 표음주의 원칙인 것이다. 총 4장으로 나뉘는데, 가장 기본은 제1장이다. 그 내용은 다음과 같다.

제1항, 외래어는 국어의 현용 24자모만으로 적는다.

제2항, 외래어의 1음운은 원칙적으로 1기호로 적는다.

제3항, 받침에는 'ㄱ, ㄴ, ㄹ, ㅁ, ㅂ, ㅅ, ㅇ'만을 쓴다.

제4항, 파열음 표기에는 된소리를 쓰지 않는 것을 원칙으로 한다.

제5항, 이미 굳어진 외래어는 관용을 존중하되, 그 범위와 용례는 따로 정한다.

그런데, 이상의 현행 외래어표기법은 활용에 있어 몇 가지 문제점이 발견된다. 외래어의 대다수를 차지하는 영어를 중심으로 알아보자.

첫째, 제1항에 현용 24자모란 자음 14과 모음 10를 합한 것인데, 실제로 외래어를 표기하다보면 된소리, 거센소리, 이중모음 등이 모두 나타나기에 24자모라고 한정된 것 자체가 문제이다.

둘째, 제2항에 명시된 '원칙적'이라는 용어에 문제가 있다. 중복되어 표기하는 경우가 나타나 1음운 1기호 원칙이 깨지기 때문이다. 한 예로 국제음성기호 [θ]와 [s]는 'ㅅ'으로 적는다.

셋째, 제4항은 표기의 통일과 인쇄의 편리함을 위해 넣은 조항인데, 2004년 〈동남아시아 언어 외래어표기법〉에서는 적용되지 않는다. 최근의 정보화 수준에서는 인쇄에 불편함이 없어 고려해야 할 사항이다.

넷째, 제5항은 언중의 혼동이 적도록 설정해 놓은 것이지만, 관용 표기의 용례나 범위를 결정하지 않아 오히려 혼란스럽다.

마지막으로 영어사전 상의 제1발음기호는 미국식, 제2발음기호는 영국식을 나타내는데, 영국식 발음을 표기의 원칙으로 삼았으나 그렇지 않은 경우도 종종 있어 일관성에 문제가 있다. 예를 들어, 칼럼(Column)의 영국식 발음은 '콜럼'인데, 이를 우리는 미국식인 '칼럼'으로 적고 있다.

그러면 이러한 문제점에 대한 해결책은 무엇일까?

먼저 가장 큰 문제점은 표기의 기본원칙이 지켜지지 못한다는 것이다. 따라서 언중들은 표기에 어려움을 느끼고 혼란스럽다. 이를 위해 외래어 수용은 1차적으로 번역해 받아들이고, 2차적으로 국어화한 어형과 발음을 취하는 방식을 취하여야 한다.

둘째, 제1항은 삭제되어야 한다. 실제 용례에서 그 원칙은 벌써 깨져 있기 때문이다.

셋째, 표기 세칙을 두어, 영어나 미어가 서로 발음을 달리할 때, 영국식 발음기호를 기준으로 삼는다고 명문화할 필요가 있다.

마지막으로 현행 언중들에게 정서법에 대한 올바른 인식과 원칙을 계속적으로 홍보하고 교육시켜야 한다. 마치 노견(路肩)이 '갓길'로, 인터체인지(IC)가 '나들목'으로 홍보와 계도를 통해 정착된 것처럼 말이다.

54 소경의 은어들

하루가 다르게 사회가 다양화의 방향으로 가고 있다. 이러한 사회적 흐름은 일부 사람들이 소외되고 차별받는 현상도 낳았는데, 특히 장애인들이나 이주 외국인이 그들일 것이다. 이들도 이제는 우리 사회의 차별과 냉대에서 벗어나, 사회의 한 구성원으로 자리매김을 하고 있는 중이며 이들도 사회의 또 다른 주체로서 당당하게 나아갈 시점에 다다랐다. 이들의 일부분인 소경들도 마찬가지이다.

소경을 일컫는 다른 말들은 많다. 단순히 보이지 않는 것을 이르는 '맹인', 고려 때 종 4품 벼슬에서 유래한 '소경', 지팡이를 짚고 다니며 점을 친다는 의미인 '장님', 영어의 'The visually handicapped'를 번역하며 생긴 '시각장애인' 등이 있으나, 여기에서는 역사적으로 존칭의 의미가 내재한 '소경'을 대표어로 삼는다. 이들은 발달한 청각과 촉각 기능을 활용한 직업에 종사를 하게 되는데, 그 직업군으로는 주술인, 침술인, 마사지 전문가 등이 있다. 이들은 이러한 직업을 지니면서 자기들만의 특별한 소통 언어인 은어를 사용한다.

은어는 자기들끼리만 통하는 비밀성, 다른 사람과 구별하여 자기들만 알아들을 수 있는 유별성, 재미를 위한 흥미성을 지닌다.

소경들의 은어는 주로 한정된 자기 집단의 비밀을 유지하거나 집단의식을 강화하기 위해서 또는 공통적인 직업에 종사하는 순회직의 언어로서 사용된다.

소경들의 은어는 다음과 같이 몇 가지가 있다.

첫째, 단순히 어순을 반대로 도치하여 만든 역어(逆語)가 있다. 대표적인 예로 사람을 '남사'라고 한다거나 부인을 '인부', 자네를 '네자' 등으로 표현하는 것들이다.

둘째, 다른 대상에 비유하여 표현한 비어(比語)가 있다. 대표적인 예로 여자를 '겻'이라 한다거나 남의 첩을 '꽃날', 할머니를 '고산', 부모를 '문서' 등으로 표현하는 경우이다.

셋째, 『주역』에서 차용한 주역차용어가 있다. 대표적인 예로 1부터 9까지 일컫는 말을 '건, 태, 화, 진, 손, 감, 간, 곤, 퇴' 등이라 하는데, 이는 모두 주역에서 유래한 말들이다. 또한 남편을 '경신', 누이를 '뇌택', 아버지를 '술해' 등으로 표현하는 것도 마찬가지이다.

넷째, 한자의 음이나 훈을 차용한 한자차용어가 있다. 대표적인 예로 서술어를 쓸 때 특히 많이 사용하는데, '가다'를 '쥐다', '크다'를 '다이다', '보다'를 '관이다', '읽다'를 '독이다' 등으로 표현하는 것이 있다.

이전에 소경의 은어 144개를 검토해 본 결과, 역어가 13개, 비어가 15개, 주역차용어가 29개, 한자차용어가 42개 등으로 이 네 가지 유형이 소경의 은어 중 주류를 차지하고 있다.

또 소경의 은어는 사람이나 숫자, 신체 등과 관련된 용어들이 특히 발달했다. 왜? 바로 이들의 직업과 밀접한 관련이 있기 때문이다.

세상은 볼 것도 참 많아졌지만, 역으로 보아서 힘들어진 것도 많다. 그래서 때론 소경이 부러울 때도 있으리라. 그러나 그러한 바람은 사치스런 만용에 불과하다. 세상이 너무 허수선하고 날마다 깜짝깜짝 놀랄 만한 사건들이 비일비재 일어나니, 정말 보고 싶지 않은 일들이 많이 생겨나곤 한다. 그리고 보아도 깨닫지 못하거나 알지 못하는 눈 뜬 소경도 참 많다. 보아도 아름답고 눈을 감아도 웃음이 일어날 수 있는 그런 나날이 늘 함께 하길 빌어본다.

55 재고할 문화재 명칭들

오천년의 유구한 역사 속에서 숱한 문화재는 우리 민족과 함께 했다. 역사 속에서 각각의 문화재는 건립의 의미가 있고 존재 가치 또한 소중한 보물임은 말할 나위 없다.

그러한 역사적 문화재가 시간이 흘러오면서 본래의 이름을 빼앗긴 경우가 있다. 먼저 우리 민족의 굴욕 시기였던 일제 강점기에 본 이름을 빼앗기고 일본의 식민사관에 기초한 이름들로 대체된 경우가 있다. 또 한참 동안 시간이 흐르면서 민간 어원에 의해 자기들 마음대로 의미를 바꿔 대체한 경우도 있다. 참으로 안타깝고 서글픈 이야기이다.

이유야 어찌되었건 이제는 문화재 본래의 이름을 되찾아주며 그 의미를 되새기고 음미해야 할 때이다. 그러한 문화재 명칭 몇 개를 살펴보겠다.

흥인지문(興仁之門). 우리나라 보물 1호로, 속칭 동대문(東大門)이라 일컫는다. 조선 초기에 한양의 사대문을 만들고, 각각 동서남북에 인, 의, 예, 지의 글자를 넣어 이름을 지었다. 그 중 동쪽의 문은 '인(仁)'에 특별히 '지'를 넣어 문 앞의 평평한 땅을 기운을 한껏 보강하고자 붙였다고 한다. 단순히 방위와 문의 규모만 표현했던 동대문보다 그 의미의 폭도 넓고 내용도 깊다. 동대문 명칭에서 파생된, '동대문구, 동대문 운동장, 동대문시장' 등도 모두 재고할 필요가 있다.

남대문(南大門)의 본래 이름인 숭례문(崇禮門)도 이와 마찬가지이다. 예를 숭상하는 의미에서 단순히 남쪽의 큰 문으로 이름이 대체된 것은 썩 내키지 않는 경우이다. 이 외에도 돈의문(敦義門) 또한 서대문으로 별칭을 하는데, 의를 돈독하게 한다는 '돈의'라는 뜻이 서쪽의 큰 문이라는 '서대문'보다는 훨씬 그 의미가 심장하다. 사대문의 마지막, 숙정문(肅靖門)도 엄숙하고 편안함을 상징한다. 이를 북대문으로 속칭하는 것도 회피해야 표현이다.

이렇게 서울의 사대문만 그런 것은 아니다. 산 이름도 좀 달라진 경우가 있다. 조선시대 장가(長歌)의 대가였던 정철의 〈관동별곡〉을 보면 '삼각산(三角山) 제일봉이 하마면 뵈리로다.'라 표현하고 임금을 빗댄 삼각산을 보고 싶어 그리워하는 충신의 연군지정을 드러냈다. 그러면 삼각산은 지금의 어떤 산일까? 바로 북한산(北漢山)을 일컫는다. 백운대, 인수봉, 만경대 등 세 개의 각진 봉우리가 인상적이라 예전부터 삼각산으로 불리어지던 것을 어느 때부터인지 북쪽의 큰 산 또는 한강 이북의 산을 일컫는 단순한 의미의 '북한산'으로 대체되었으니 말이다. 강북구청이 2008년 10월 10일 삼각산제 이름찾기범국민추진위원회와 함께 연 심포지엄에서 다음과 같은 주장을 하기도 하였다.

고려시대부터 삼각산으로 불리다 1917년 조선총독부 고적조사위원이던 금서룡(이마니시 류)이 경기도 고양군 북한산 유적조사 보고서에 북한산이란 명칭을 사용한 뒤 삼각산과 북한산이 혼용돼 쓰였고 1983년 북한산국립공원이 지정되며 북한산이 일반적인 명칭으로 자리 잡았다.

그러나 한편에서는 북한산이라는 명칭도 삼각산보다는 못하지만 과거부터 기록상 간헐적으로 등장하는 명칭이라는 주장도 있기는 하다. 이에 대해 고양시 정동일 문화재전문위원은 2008년 같은 심포지엄 장에서

북한산은 삼국사기와 진흥왕 순수비를 세운 자료에서도 나타날 뿐 아니라 조선왕조실록 등 조선시대 사료 및 문헌에서도 북한산성 얘기가 자주 나온다. 북한산이라는 명칭은 일제 잔재물이 아니기 때문에 강북구의 주장대로 북한산을 삼각산으로 바꾸는 데 대해 반대한다.

따라서 이에 대해 역사학자와 국어학자의 종합적인 검토가 필요하나, 그 내용의 깊이나 과거 문헌상 빈도수에 따른 통용성을 미루어 보아도, '삼각산'이 좋지 않을까 한다.

56 '-뱅이'와 '-발이' 그리고 '-박이'와 '-배기'

'한쪽 다리가 짧거나 다치거나 하여 걷거나 뛸 때에 몸이 한쪽으로 자꾸 버겁게 기우뚱하는 사람'을 일컬어, '절름발이'라 한다. 이를 언중들이 간혹 혼동하여 '절름뱅이'로 표현하는 경우가 있어 문제이다.

일반적으로 '-뱅이'는 '가난뱅이, 게으름뱅이, 앉은뱅이, 비렁뱅이, 장돌뱅이, 떠돌뱅이, 술주정뱅이' 등처럼, 몇몇 명사 뒤에 붙어 '그것을 특성으로 가진 사람'의 뜻을 더하는 접미사(接尾辭)이다.

그러나 '-발이'의 경우는 약간 다르다. '쪽발이, 쥐엄발이, 딸깍발이, 삼발이, 절뚝발이' 등처럼 '발이'는 '발[足]+이'에서 유래한 것이다. 따라서 '-발이' 앞에 서는 단어들이 발[足]과 유관한 것들이다.

이와 비슷한 것으로 '-박이'와 '-배기'가 있다. 일부 명사 뒤에 붙어 무엇이 박혀 있는 사람이나 짐승 또는 물건이라는 뜻을 더하거나, 일부 명사 또는 동사 어간 뒤에 붙어 무엇이 박혀 있는 곳이라는 뜻을 더하거나 또는 한곳에 일정하게 고정되어 있다는 뜻을 더하는 접미사가 '-박이'이다. 반면에 '두 살배기'처럼 어린아이의 나이를 나타내는 명사구 뒤에 붙어 '그 나이를 먹은 아이'의 뜻을 더할 때, '알배기'처럼 몇몇 명사 뒤에 붙어 '그런 물건'의 뜻을 더할 때 쓰는 접미사가 '-배기'이다.

'-박이'가 쓰이는 경우는 '별박이, 곰줄박이, 토박이, 판박이, 붙박이, 점박이, 금박이, 외톨박이' 등이 있고, '-배기'가 쓰이는 경우는 '알배기, 자배기, 꽈배기, 귀퉁배기, 나이배기, 혀짤배기' 등이 있다.

'-배기'와 유사한 것으로 '-빼기'가 있다. 몇몇 명사 뒤에 붙어 그런 특성이 있는 사람이나 물건의 뜻을 더하는 접미사로 쓰이거나 '비하'의 뜻을 나타내는 접미사로 쓰인다. '곱빼기, 코빼기, 구석빼기, 대갈빼기, 이마빼기, 얼룩빼기' 등이 그것이다.

이 접미사를 이야기하다보니 그 유명한 시 정지용의 〈향수〉 1연이 생각난다.

> 넓은 벌 동쪽 끝으로
> 옛이야기 지줄대는 실개천이 휘돌아 나가고,
> **얼룩백이** 황소가
> 해설피 금빛 게으른 울음을 우는 곳,
> 그 곳이 참하 꿈엔들 잊힐리야.

이 시에서 '얼룩백이'는 현재 맞춤법에 맞게 표현하면 '얼룩빼기'로 써야 옳다. 그러나 시를 쓴 당시에는 '얼룩백이'로 쓰는 것이 옳았고, 그때의 표기를 그대로 적용하고 인정하여 그대로 둔 것이다. 시의 흐름이나 분위기에 '얼룩빼기'라는 현대의 표현보다는 '얼룩백이'가 더 어울린다.

57 식상한 표현은 가라

글이나 말로 생각을 표현할 때, 구태의연하고 익히 들어 낯익은 표현은 자제해야 전달 내용이 잘 전달되고 인상도 오래 남는다. 너무 일상적이고 상투적인 표현보다는 차라리 식상한 비유를 생략하고 담백하게 가벼운 표현을 함이 더 좋을 수도 있다.

다음과 같은 표현은 그동안 너무 흔하게 사용하여 식상한 표현들이다.

- 붕어빵 부자: 너무나 꼭 닮은 부자
- 칠흑 같은 밤: 캄캄한 밤
- 쏜살같이 흐른다.: 매우 빨리 흐른다.
- 마음의 돌덩이: 심적 부담이 많은 상태
- 미친 듯이 날뛰다.: 흥분을 주체하지 못하다.
- 악에 받혀: 화가 날 때까지 나
- 주마등처럼 스친다.: 눈에 선하게 스쳐 지나가다.
- 불을 보듯 뻔하다.: 예상되는 결과가 있다.
- 전철을 밟지 말자.: 지나간 과오를 범하지 말자.
- 앵두 같은 입술: 아주 작고 예쁜 입술

- 닭똥 같은 눈물: 매우 슬퍼 눈물 흘리는 모양
- 가슴이 찢어지는 아픔: 굉장히 고통스러울 정도의 아픔
- 하늘이 무너지는 듯: 모든 것이 다 헛되는 듯
- 문어발식: 여러 가지 다방면으로 퍼지는

일상적이고 상투적인 표현에 신선한 충격을 주고자 '낯설게 하기' 라는 글쓰기 기법이 있다. '낯설게 하기'란 말을 처음 사용한 사람은 러시아의 '빅토르 쉬클로프스키'로, 문학의 장르적 특징에 따라 다른 방식으로 드러난다. 일상생활의 언어에서도 이러한 낯설게 하기 기법은 청자에게 주의를 환기시키고 지루함을 벗어나 흥미와 긴장감을 줌으로써 이해를 돕고 친근감을 느끼게 한다.

결국 위에 제시한 표현들은 되도록 회피하고, 새롭고 신선한 비유를 통하여 표현하는 것이 좋다는 말이다. 사람들은 지루하게 반복하거나 쓴 표현을 또 쓰거나 하는 방식을 본능적으로 싫어한다. 늘 새롭고 신선하게 살아야 사는 맛이 나는가 보다.

고전처럼 읽고 또 읽으며 곱씹어야 그 참맛을 느끼는 경우도 있지만, 언제나 새로움을 추구해서 표현해야 기억에 오래 남고 반가운 것이 있다는 것이다. 사물도 언제나 새로움을 추구하는데 언어적 표현마저도 항상 그리하여야 하니, 새것만 좋아하는 세태가 그대로 반영되는 모습이다.

특히 우리나라 사람들은 새것 증후군에 빠져 있다는 잡지의 글을 본 적이 있다. 집, 자동차, 전자기기, 의복 등등. 서양은 주택도 전통과 가풍이 있어 유명한 집이 오히려 더 값비싸고 구하지 못해 안

달이라는데. 자동차의 경우도 마찬가지이다. 우리보다 수 백년 이
상 자동차를 먼저 이용한 서양인들은 개성과 전통을 가지고 나름대
로 차의 소유 가치를 매기는 반면, 우리는 무조건 최신형의 새로운
모델, 신차만 고집한다. 과연 어떤 것이 현명한 것인지 판단은 보류
하지만, 새것만 좋다거나 옛것만 좋다거나 하는 극단적 방식은 한
번 다시 생각해 볼만한 사항이다.

58 '멋있다'와 '맛있다'의 복수표준발음

표준발음법 제15항에 받침 뒤에 모음으로 시작되는 실질 형태소가 연결되는 경우에 대표음으로 바꾸어서 뒤 음절 첫소리로 옮겨 발음한다는 규정이 있다. 이에 따라 '맛있다'와 '멋있다'가 모두 [마딛따]와 [머딛따]가 될 수 있다.

그런데 표준어의 실제 발음을 따르되 합리성을 고려하여 표준발음법을 정함에는 어려움이 있는 경우도 있다. '맛있다'는 실제 발음에서는 [마싣따]가 자주 쓰이나 위의 규정에 따르면 [마딛따]가 오히려 합리성을 지닌 발음이다. 이러한 경우에는 전통성과 합리성 둘을 모두 고려하여 [마딛따]를 원칙적인 표준발음으로 정하되, [마싣따]도 복수표준발음으로 허용하기로 한 것이다.

최근 청소년들을 중심으로 젊은 세대에서는 '맛있다'를 [마딛따]보다는 [마싣따]로 발음하는 경향이 아주 강하다. 그러한 이유는 무엇일까? 'ㅅ, ㅆ, ㄴ, ㄷ, ㄸ'과 같은 음은 혀끝을 아랫니의 뒤쪽에 대고 동시에 혀의 앞부분을 윗잇몸에 대면서 마찰시키는 치조음이다. 특히 이러한 치조음은 치아 사이가 열리며 소리가 나온다. 그런데 이러한 치조음을 다시 발음하는 방법에 따라 파열음과 마찰음으로 나눌 수 있다. 파열음은 자음 가운데 발음 기관의 어느 한 부분을 막았다가 일시에 터뜨려 내는 음을 일컫고, 마찰음은 날숨이 목청이나 입안의 좁아진 어느 한 부분을 통과할 때 마찰되면서 발생하는 음을 말한다. 'ㄷ, ㄸ'은 파열음이지만, 'ㅅ, ㅆ'은 마찰음이다. 이중 치조음이면서 파열음인 'ㄷ'계는 좀 둔탁한 반면, 마찰음인 'ㅅ'계는 공기의 마찰을 통해 시원하고 청량감을 느낄 수 있다. 'ㄷ'과 같은 파열음보다 소리가 맑은 편이다. 따라서 맛있는 것을 맛있게 표현하기에 [마딛따]보다는 [마싣따]가 적당하다고 은연중에 생각해서 나타나는 현상이 아닌가 한다.

소리에 따라 어감이 다르고 그에 따라 생각이 고정되는 현상이 있다. 복수표준어인 '자장면'과 '짜장면'도 전자보다는 후자가 널리 일반적으로 쓰이는 것은 '짜장면'이 더 짭짤하니 맛있어 보인다고 흔히들 이야기한다.

좋은 것을 고르고 난 뒤에 남은 허름한 물건인 '허섭스레기'도 '허접쓰레기'와 함께 쓰지만, 허름한 것을 강조하는 의미와 쓰레기와의 상통, 된소리를 통한 의미 강화 때문인지, 후자가 훨씬 일반적으로 쓰인다.

'메다'라는 말의 사동(동작을 시킴) 형태로 '구멍이나 빈 곳을 채워 메게 하다.'의 의미인 '메우다'도 된소리의 'ㄲ'을 삽입함으로써 어감을 강조하는 '메꾸다'가 복수표준어로 인정하면서 청각적 인상을 강하게 하고 있다.

이상의 상황을 종합해 볼 때, 우리의 언중들은 듣기 좋게 파열음보다는 마찰음을, 의미를 강조하려고 평음보다는 된소리를 사용함을 알 수 있다. 하나의 현상이나 사물을 두 개 이상으로 표현하는 것은 좋지 않지만, 그 사이에서도 어감이나 강조의 차이가 있음을 보면 세상은 무슨 일이든지 어떤 사연과 까닭이 있는 것이다.

59 유의어인가, 동의어인가

순 우리말로 '비슷한 말'이 있다. 한자어로는 '유의어(類義語)'라
할 수 있는데, 이와 같이 쓰는 말에 '동의어(同義語)'도 있다. 그럼,
각각 이 말들의 사전적 정의는 무엇일까?

국립국어원에서 만든 『표준국어대사전』에 실린 것을 보자.

- 유의어(類義語): 뜻이 서로 비슷한 말. 비슷한 말.
- 동의어(同義語): 뜻이 같은 말.

우리가 흔히 알고 있는 비슷한 말들을 나열해 보자.

- 범: 호랑이,
- 열쇠: 키(Key),
- 사과(沙果): 능금,
- 낱말: 단어(單語) : 어휘(語彙),
- 샛별: 계명성(啟明星) : 금성(金星) : 효성(曉星)

이들의 사전적 정의도 같은 사전에서 찾아보았다.

- 범: =호랑이
- 호랑이: 고양잇과의 포유류. 몸의 길이는 2미터 정도이며, 등은 누런 갈색이고 검은 가로무늬가 있으며 배는 흰색이다. 꼬리는 길고 검은 줄무늬가 있다. 삼림이나 대숲에 혼자 또는 암수 한 쌍이 같이 사는데 시베리아 남부에서 인도, 자바 등지에 분포한다.

'범:호랑이'의 관계는 동의어이다. 부차적 의미에 대한 사항이 없을 뿐만 아니라 통상 일상생활에서도 음절수만 차이가 있을 뿐, 같은 말로 쓰이기 때문이다.

- 열쇠: 「1」 자물쇠를 잠그거나 여는 데 사용하는 물건.
  「2」 어떤 일을 해결하는 데 필요한 가장 중요한 방법이나 요소를 비유적으로 이르는 말.
- 키(Key): 「1」 =열쇠.
  「2」 어떤 문제를 해결할 수 있는 실마리.
  「3」 타자기나 컴퓨터의 자판 따위에서, 손가락으로 치는 글자판.
  「4」 피아노, 풍금 따위의 건(鍵).
  「5」 『기계』기계의 회전 부분에서 회전체와 축(軸)을 고정하는 쇠막대 모양의 부품. 회전체와 축 사이에 홈을 파서 끼운다.
  「6」 『전기』전화 교환 시스템에서 회부에 붙은 손잡이 또는 누름 버튼과 접촉하는 수동 교환 소자.
  「7」 『전기』회전기에서 힘을 한쪽에서 다른 한쪽으로 전달하기 위하여 두 개의 인접한 부속 재료에 꽂는 봉.
  「8」 『전기』데이터 집합에서 그 집합에 관한 정보를 가지는 하나 이상의 문자.

'열쇠:키'의 관계는 유의어이다. 보는 바와 같이 두 번째까지의 정의는 같지만, '키'의 경우가 여섯 가지의 부차적 의미가 더 있다. 따라서 두 단어의 의미역에 차이가 있기에 동의어로 보기는 곤란하다. 이는 '키'의 세 번째 의미로 '열쇠'라는 말을 대체하여 써 볼 때, 문장이 자연스럽지 않음을 단번에 알 수 있다. '컴퓨터 키 판이 눌러지지 않는다.'는 가능해도, '컴퓨터 열쇠 판이 눌리지지 않는다.'는 가능하지 않다.

- 사과(沙果): 사과나무의 열매.
- 능금: 능금나무의 열매. 사과와 비슷한 모양이지만 훨씬 작다. 사과.

'사과:능금'의 관계는 유의어로 봐야겠다. 식물학적으로도 두 품종은 같은 것을 일컫는 것이 아니며, 능금의 뜻에 사과와 같은 뜻이라고 지칭을 했지만, 일상생활에서 통상 그렇게 쓰지는 않는다.

- 낱말: 따로따로인 한 말 한 말. =단어(單語).
- 단어: 분리하여 자립적으로 쓸 수 있는 말이나 이에 준하는 말. 또는 그 말의 뒤에 붙어서 문법적 기능을 나타내는 말. =낱말
- 어휘: 「1」 어떤 일정한 범위 안에서 쓰이는 단어의 수효. 또는 단어의 전체.
  「2」 어떤 종류의 말을 간단한 설명을 붙여 순서대로 모아 적어 놓은 글.

'낱말:단어:어휘'의 관계는 다소 복잡하다. '낱말:단어'의 관계는

동의어지만, 어휘의 경우는 '낱말, 단어'보다 의미역이 훨씬 크다. 따라서 '단어:어휘'는 유의어 관계로 봐야 옳다.

- 샛별: 「1」 '금성(金星)'을 일상적으로 이르는 말.
  「2」 장래에 큰 발전을 이룩할 만한 사람을 비유적으로 이르는 말.
- 계명성(啓明星): =샛별
- 금성(金星): 태양에서 둘째로 가까운 행성. 지구에 가장 가까이 있는 천체로서 수성(水星)과 지구 사이에 있으며, 크기는 지구와 비슷하다. 저녁의 서쪽 하늘이나 새벽의 동쪽 하늘에서 볼 수 있다.
- 효성(曉星): 「1」 =샛별
  「2」 매우 드문 존재를 비유적으로 이르는 말.

'샛별:계명성'은 유의어이고, '계명성:금성'은 동의어이며, '금성:효성'은 유의어 관계이다. 각각의 의미역을 확인해 보면 쉽게 알 수 있다.

그러고 보니, 완전한 동의어는 쉽지 않다. 아주 작은 뜻이라도 의미를 내포하는 바가 다를 수 있기 때문이다. 그래서 어떤 언어학자는 '단어들의 관계에서 완전한 동의어는 없다.'고 했다는데, 설득력이 있다. 사회가 발전하면서 단어도 성장한다. 당연히 그 뜻도 변한다. 시간이 흐를수록 동의어는 점점 없어질 가능성이 높다. 이러한 현상이 풍성함 측면에서는 좋은 방향이겠으나, 언어 습득의 차원에서는 여간 곤란한 것이 아니다. 일장일단이 있지만, 그래도 풍성한 것이 더 좋지 않을까 하는 생각이다.

60 한 말 또 하면 좀…

우리가 말을 하거나 글을 쓸 때 불필요하게 같은 말을 반복하는 경우가 있다. 이를 언어학 용어로는 일명 '잉여적 표현'이라고도 하는데, 이는 경제적인 측면이나 의미 전달 면에서도 비효율적인 면이 있다. 혹자는 반복함으로써 의미를 강조한다고 억측을 하지만, 이는 어불성설이다. 인간은 근본적으로 최소 노력의 최대 혜택을 추구하는 호모 에코노미쿠스이기 때문이다. 따라서 이러한 표현들은 피해야 할 것들이다.

우리가 일상생활에서 흔히 볼 수 있는 중복 표현들을 몇 개 보자.

먼저 명사의 경우를 보자
- 역전 앞 / 초가집, 처갓집, 상갓집
- 로프 줄 / 해안가 / 분가루
- 매화꽃 / 생률밤 / 모래사장(沙場)

다음은 '지나갈 과(過)'를 잘못 써서 중복 표현을 한 경우이다.

- 지나가는 과객 / 지나간 과거 / 과반수 이상 / 과반수를 넘다.

문장에서 흔히 쓰는 중복된 표현들이다.

- 결실(結實)을 맺다.
- 자매결연(姉妹結緣)을 맺다.
- 다시 한 번 재론(再論)할 필요가 있다.
- 일요일(日曜日)날에 만나요.
- 지금이 가장 좋은 호기(好期)이다.
- 참으로 어려운 난제(難題)를 만났다.
- 모두 그 의견에 공감(共感)을 느꼈다.
- 모두 자리에 착석(着席)해 주십시오.
- 가까운 근래(近來)에
- 가깝게 접근(接近)했다.
- 공기를 환기(換氣)시키다.
- 구전(口傳)으로 전하다.
- 담임(擔任)을 맡다.
- 남은 여생(餘生)
- 뇌리(腦裏) 속
- 더러운 오명(汚名)
- 올해 수확한 햅쌀
- 새로 들어온 새내기(신입생(新入生))
- 시원한 냉수(冷水)

- 뜨거운 온수(溫水)
- 아침 조식(朝食)
- 아픈 통증(痛症)
- 돌이켜 회상(回想)하면
- 미리 예고(豫告)/예견(豫見)하다.
- 새 신랑(新郎)
- ○○ 기간(期間) 동안

　경제적이고 간결하며 명료한 문장이 이해도 빠르고 전달에 오해가 없다. 중언부언식의 표현은 반드시 삼갈 것들이다. 있는 문장만 이해하고 터득하기도 바쁜 세상이다. 중복된 군더더기 표현은 지루할 뿐이다. 간단명료한 문장과 표현, 이것이 바로 가장 좋은 글과 말의 조건이다.

61 첩어도 지닌 어떤 틀이 있다

의태어를 올바르게 표현할 때, 사용되는 틀이 있다고 한 것처럼, 첩어에도 그러한 틀이 존재한다. 첩어란 같은 음이나 비슷한 음을 가진 단어의 반복적 결합으로 이루어진 복합어를 일컫는 것으로 '딸랑딸랑'과 같은 경우이다.

대체로 이 첩어에서 나타나는 '슬/실'의 경우, 'ㅣ'모음보다 'ㅡ'모음을 올바른 표기로 인정하고 있다. 치음 'ㅅ'을 발음하기에는 전설 고모음(혀의 앞부분에서 나는 입안의 높은 위치의 모음) 'ㅣ'가 편하다. 이에 따라 '까슬까슬'을 발음상 편의를 위해 '까실까실'로 발음하는 경우가 흔히 있다. 그러나 이는 잘못이다. 이와 비슷한 경우로 '가슬가슬, 곱슬곱슬, 구슬구슬, 나슬나슬, 너슬너슬, 뒤슬뒤슬, 바슬바슬, 보슬보슬, 복슬복슬, 슬근슬근, 아슬아슬, 오슬오슬, 으슬으슬, 퍼슬퍼슬, 흐슬흐슬' 등이 모두 올바른 표현이다.

반면에 '-실-실'형이 올바른 표현인 경우는 '곱실곱실, 굼실굼실, 근실근실, 꿈실꿈실, 녹실녹실, 덩실덩실, 몽실몽실, 방실방실, 비실비실, 토실토실' 등이 있다.

또 대체로 모음조화 현상을 지키려고 노력한다. 모음조화란 두 음절 이상으로 된 단어에서, 뒤의 모음이 앞 모음의 영향을 받아 그와 가깝거나 같은 소리로 되는 언어 현상이다. 즉 양성모음은 양성모음끼리, 음성모음은 음성모음끼리 결합하는 현상을 일컫는다. 양성모음은 'ㅏ, ㅐ, ㅑ, ㅗ, ㅘ, ㅙ'처럼 어감이 밝고 산뜻하며 가벼운 느낌이 있는 것이고, 음성모음은 반대로 'ㅣ, ㅔ, ㅓ, ㅜ, ㅟ'처럼 어감이 어둡고 무거우며 큰 느낌이 있는 것이다.

모음조화를 잘 지킨 첩어의 예는 많다. 촐랑촐랑 대 출렁출렁, 말똥말똥 대 멀뚱멀뚱, 달랑달랑 대 덜렁덜렁, 알록달록 대 얼룩덜룩 등이 그것이다. 예로 든 것 중 맨 마지막의 경우처럼 첩어의 한쪽 모양을 얼마간 변형시켜 표현하기도 한다. 이것은 일종의 변화를 통해 색다름을 주는 것이다.

그런데 첩어 중 이 모음조화를 파괴한 것이 표준어로 인정한 경우가 있어 주의를 요한다. '깡충깡충'과 '오순도순'이 이러한 대표적인 경우이다.

62 아귀와 방귀

언어생활을 하다보면 올바르게 표현하는 표준어보다 그렇지 않은 말이 입에 착착 감기는 경우가 있다. 즉, 표준어를 사용할 때의 불편함이나 어색함을 탈피하고 싶어서, 뭔지 부자연스러움 등이 느껴질 때 그러한 현상이 흔하게 나타난다. 이러한 현상이 비롯되는 것은 방송 프로그램에서 무작위로 막 사용하는 방송인의 대화, 지역민들과의 소통에서 이루어지는 지방색 강한 방언 등이 가장 큰 이유가 아닌가 한다.

우리가 쓰는 '-귀'로 끝나는 단어 중에 흔히 일상생활에서 쓰는 말이 두 개 있다. 바로 '아귀'와 '방귀'이다. 이 두 어휘는 표준어보다 잘못된 표현인 '아구'와 '방구'가 더 알려진 경우이다. 이 경우가 표준어를 벗어난 표현이 우리에게 익숙하고 친근한 대표적인 예이다.

잎사귀나 지빠귀도 방언형인 '잎사구'와 '지빠구'가 많이 쓰인다. 또한 어린 아이의 똥오줌을 받아 내기 위해 다리 사이에 채우는 '기저귀'도 방언형인 '기저구'로 흔히 쓰고, 털이 없이 논둑에서 흔히

자라나는 나물인 '씀바귀'도 '씀바구'로 흔히 쓴다. 또한 '뼈'를 낮잡
아 일컫는 '뼈다귀'도 '뼈다구/뼉다구'로 흔히 쓴다.

이렇게 '-귀'를 '-구'로 표현하는 궁극적 이유는 무엇일까? 언중
들의 잠재적 사고에는 발음상의 편의를 추구하는 것이 무의식적으
로 작용한다. 따라서 이중 모음인 'ㅟ'보다는 단모음인 'ㅜ'가 더 발
음 면에서 훨씬 편하기 때문에 나타난 현상이다.

누구든 사람은 편해지고 싶은 욕구가 있다. 아주 보잘것없는 사
소한 것까지. 의사표현을 위한 단어의 발음조차도 편하게 하고 싶
은 것은 당연지사이다. 이런 현상에서 비롯하여 '귀→구'로 나타난
경우인데, 이렇게 발음상의 편의를 위해 이중 모음을 단모음으로
바꾸어 표현하는 경우는 많다.

'바위'를 '바우', '행위'를 '행우', '사위'를 '사우'처럼 '위'를 '우'로
표현하는 경우도 이와 비슷한 것으로 물론 잘못된 표현들로 알지
만, 흔하게 쓰는 표현들이다. 이중 모음을 단모음으로 표현하고자
하는 욕구가 특히 강한 것이 바로 'ㅟ'이다.

이 외에도 '계수, 사례, 연메, 폐품, 혜택' 등의 첫머리에 나타나
는 '계, 례, 메, 혜' 등도 표준발음법 제5항에 의하면 [게, 레, 메,
페, 헤] 등으로 발음하는 것을 인정하고 있다. 이는 '예' 이외의 음
절에 쓰이는 이중 모음 'ㅖ'는 단모음화하여 [ㅔ]로 발음하는데, 이
것 또한 발음의 편의를 위한 것이다.

63 '의'의 발음에 대해

우리의 한글맞춤법 제3장 제4절 모음에 관한 규정을 보면, 제9항에 다음과 같은 사항이 제시되어 있다.

'의'나, 자음을 첫소리로 가지고 있는 음절의 '의'는 'ㅣ'로 소리 나는 경우가 있더라도 '의'로 적는다.

그리고 이에 대해 보충 설명하기를 다음과 같이 하고 있다.

'의'의 단모음화 현상을 인정하여, 표준 발음법에서는

① 자음을 첫소리로 가지고 있는 음절의 '의'는 [ㅣ]로 발음하고,
예) 늴리리[닐리리], 띄어[띠어], 유희[유히]
② 단어의 첫음절 이외의 '의'는 [이]로, 조사 '의'는 [에]로 발음
할 수 있다.
예) 주의[주의/주이], 우리의[우리의/우리에]

라고 규정하였다. 그러나 현실적으로 '의'와 'ㅣ', '의'와 'ㅔ'가 각기

변별적 특징(辨別的 特徵)을 가지고 있으며, 또 발음 현상보다 보수성을 지니는 표기법에서는 변화의 추세를 그대로 반영할 수는 없는 것이므로, 'ㅢ'가 [ㅣ]나 [ㅔ]로 발음되는 경향이 있더라도 'ㅢ'로 적기로 한 것이다.

발음의 편의성과 실생활의 언어소통 현황을 고려하여 이중 모음 'ㅢ'를 단모음 [ㅣ]나 [ㅔ]로 발음하는 것을 인정한 것이다. 그러다 보니 표기는 하나이지만 표준발음으로 인정하는 경우가 여럿이 나타날 수가 있다.

위의 사항을 적용하여 발음하면 '민주주의의 의의'라는 구절의 경우, 표준발음으로 인정되는 것이 무려 8개나 되는 경우도 발생한다.

1. [민주주의의 의의]
2. [민주주의의 의이]
3. [민주주의에 의의]
4. [민주주의에 의이]
5. [민주주이의 의의]
6. [민주주이의 의이]
7. [민주주이에 의의]
8. [민주주이에 의이]

이상과 같이 무려 8가지나 표준 발음으로 인정하다보니, 참 혼란스럽기도 하고 재미있기도 하다. 한 표기에 무려 8가지 발음이라. 융통성과 편의성을 간주하여 인정한 사례라지만 한글의 우수성을 저해하는 요소가 아닌가 한다. 사실 정말 훌륭한 언어란 표기와 발음이 일대일 형태로 일치하여 굳어진 경우일 것이다. 이렇게 표기와 발음이 상이할 경우, 이 말을 새롭게 배우고자 하는 사람에게는 표기와 발음을 이중으로 학습해야 하는 부담이 있을 수밖에 없기 때문이다. 따라서 이토록 여러 형태의 발음을 인정한 경우가 언어 학습자에게는 딱 질색인 것이다.

64 부정어와만 호응하는 단어가 있다

실생활에서 언어를 사용하다보면 단어들이 같이 어울리면서 다니는 경우가 있다. 이를 언어학에서는 '호응'한다고 하는데, 국어 속에서 문장을 이룰 때 이렇게 호응하는 경우가 있다. '마치 ~처럼, 비록 ~할지라도, ~이유는 ~때문이다.' 등이 우리가 흔하게 알 수 있는 호응의 예이다.

그런데 우리의 단어 중에는 문장 속에서 부정어와만 주로 호응하는 단어들이 있다. 이에 대해 자세히 살펴보자.

'칠칠하다'는 주로 '못하다', '않다'와 함께 쓰여 '주접이 들지 아니하고 깨끗하고 단정하다.'를 부정하는 문장으로 흔히 쓰인다. 따라서 '칠칠하지 않다'의 형태로 써야 올바른 표현이다. 또 '보통내기'도 '아니다'라는 부정어와 주로 호응한다. '결코'나 '전혀'도 부정어와 함께 호응한다. '감히'도 '못하다'와 많이 호응하며, '석연하다'나 '시답다'도 뒤에 '않다'나 '못하다' 등의 부정어와 호응한다. '찍소리'

는 '않다, 못하다, 말다' 등의 부정어와 호응한다.

또 단어자체가 부정어와만 결합하는 경우가 있다. 말이나 행동이 경솔하여 위엄이나 신망이 없을 때 쓰는 '채신없다'가 있다. 이를 속되게 이르는 말이 '채신머리없다'인데, 이 말은 잘못된 표현이다. '채신'이라는 단어는 부정어 '없다'와만 결합한다.

이처럼 부정어 '못하다, 아니다, 없다'와만 결합하여 만들어진 단어들이 있다. '안절부절못하다, 얼토당토아니하다, 가량없다, 가뭇없다, 가없다, 간곳없다, 간단없다, 간데없다, 온데간데없다, 값없다, 거침없다, 경황없다, 그지없다, 기탄없다, 까딱없다, 꼼짝없다, 꾸김없다, 끊임없다, 끝없다, 다름없다, 다함없다, 대중없다, 덧없다, 두서없다, 뜬금없다, 맥없다, 물샐틈없다, 보잘것없다, 볼썽없다, 볼품없다, 부질없다, 분별없다, 사정없다, 상관없다, 서슴없다, 소용없다, 속없다, 속절없다, 숨김없다, 스스럼없다, 싹수없다, 쓸데없다, 쓸모없다, 아낌없다, 아랑곳없다, 어김없다, 어이없다, 어처구니없다, 여지없다, 영락없다, 유례없다, 자발없다, 주책없다[12], 터무니없다, 틀림없다, 피차없다, 하잘것없다, 한량없다, 형편없다' 등도 이 단어와 같은 경우이다.

이와는 반대로 긍정적이며 소유의 의미를 지닌 '있다'와 결합하여 한 단어로 쓰이는 단어들도 몇 있는데, 다음과 같다. '가만있다, 값있다, 관계있다, 다기있다, 뜻있다, 맛있다, 멋있다, 빛있다, 상관있다, 앉아있다, 재미있다, 지멸있다' 등으로 부정어 '없다'와 결합한 경우보다 그 수가 훨씬 적다.

---

12) 이 단어는 최근 국립국어원에서 '주책이다'도 표준어로 인정하였다.

65 아! 어쩌란 말인가
(서로 반대인 속담들)

　예로부터 조상들의 지혜들을 압축하여 우리에게 전하는 격언을 '속담'이라 했다. 길게 이야기할 내용을 빗대어서 아주 간결하고도 호소력 있게 표현할 수 있어, 일상생활에서 적재적소에 사용하면 격조 높게 화자의 속마음을 훤히 드러낼 수 있다. 그래서 말 사용의 묘미 중 하나이다.

　그런데 지혜로운 조상의 산물인 속담도 때나 상황에 따라 전하는 교훈이 다르니, 언중들은 과연 어떻게 살아야 하나 갈등이다. 즉 서로 반대되는 속담이 존재하니 말이다. 다음의 경우를 보자.

- 이웃사촌 ↔ 피는 물보다 진하다.

　전자는 '가까운 이웃이 먼 친척보다 낫다.'는 의미이지만, 후자는 가족, 친척이 그래도 낫다는 것이다.

- 빛 좋은 개살구 ↔ 보기에 좋은 떡이 먹기에도 좋다.

전자는 '겉모양만 그럴듯하지, 실속은 전혀 없다.'는 뜻이지만, 후자는 '겉모양을 잘 갖추어야 실속도 있다.'는 이야기이다.

- 말 한 마디로 천 냥 빚을 갚는다. ↔ 실없는 말이 송사 간다.
- 말은 해야 맛이고 고기는 씹어야 맛이다. ↔ 말이 많으면 쓸 말이 적다.

전자는 말을 함으로써 좋은 결과를 얻는다는 이야기지만, 후자는 말 한 번 잘못했다가는 큰 코 다치거나 쓸 말만 골라서 하라는 뜻이다.

- 재수 없는 놈은 뒤로 자빠져도 코가 깨진다. ↔ 되는 집은 가지나무에 수박 열린다.

전자가 운 없는 경우는 머피의 법칙처럼 더 안 좋은 일이 생기지만, 운 좋은 경우는 샐리의 법칙처럼 연거푸 행운이 찾아온다는 뜻이다.

이상의 경우 외에도 많은 속담들이 상반된 경우가 있다. 이럴 때 우리는 어떻게 판단하고 생각해야 할까? 인생이 그건 거다. 한 가지 답이 없고 복잡다단하며 여러 가지 예상하지 못하는 일이 다반사다. 그러니 어쩌겠는가? 상황이나 때를 고려하여 속담을 적재적소에 잘 사용할 수 있는 재치가 필요할 뿐이다.

66 언어마다 기본 어순이 있다

    세계의 언어는 대략 6,000여 종이 있다고 한다. 이 언어들 중 중요 언어 1,228개를 가지고 어순을 정리한 보고서(http://wals.info/feature/81)가 있다. 그 보고서에 따르면, 일곱 가지 형식으로 어순을 나눌 수 있다.

    첫째, '주어+목적어+서술어'의 순이다. 우리 한국어, 터키어, 몽고어, 일본어, 아이누어 등처럼 알타이어 계통에 가까운 말들이 이 어순을 취한다. 보고서에 따르면 전체의 40.5%(497/1,228)에 해당된다.

    둘째, '주어+서술어+목적어'의 순이다. 영어, 중국어, 이탈리아어, 타이어 등이 이에 해당한다. 보고서에 따르면 전체의 35.5%(436/1,228)에 해당된다.

    셋째, '서술어+주어+목적어'의 순이다. 켈트어, 아일랜드어, 히브리어, 아랍어 등이 이에 해당한다. 보고서에 따르면 전체의 6.9%(85/1,228)에 해당된다.

넷째, 어순에 영향을 받지 않는 언어들이 있다. 호주 북부의 언어, 러시아 북부와 극동부 언어, 알래스카 어, 북미 북동부의 언어 등이 이에 해당된다. 보고서에 따르면 전체의 13.9%(171/1,228)에 해당된다.

다섯째, '서술어+목적어+주어'의 순이다. 주로 잉글랜드 서부지역 언어나 아프리카 중부의 언어, 마다가스카르어, 중남미의 토착 언어 등이 이에 해당된다. 보고서에 따르면 전체의 2.1%(26/1,228)에 해당된다.

여섯째, '목적어+서술어+주어'의 순이다. 호주 북부의 언어 몇 개가 있다. 보고서에 따르면 전체의 0.7%(9/1,228)에 해당된다.

일곱째, '목적어+주어+서술어'의 순이다. 남미 북부의 언어 몇 개가 있다. 보고서에 따르면 전체의 0.3%(4/1,228)에 해당된다.

위의 결과를 보면, 넷째까지의 경우가 세계 언어들의 주된 어순들이다. 위 결과에서 가장 많은 유형은 우리 한국어처럼 '주어+목적어+서술어'순을 쓰는 경우이다. 아울러 세계의 언어는 크게 '주어+목적어+서술어' 어순과 '주어+서술어+목적어' 어순이 지배적임을 알 수 있다.

이러한 사실을 통해 볼 때, 인간은 주체가 되는 말을 맨 먼저 제시하는 것이 이해가 쉽고 전달도 빨리 된다고 생각한 것이 아닌가 한다. 그 다음이 무엇을 어떻게 하든, 아니면 했는데 어떤 대상이었는가가 필요한 것이다. 주어, 목적어, 서술어 등을 중요하게 여기는

비중을 살펴보면 주어가 가장 먼저이고 다음으로 서술어, 그 다음
이 목적어인 것으로 보인다. 세계 언어 중 목적어를 맨 앞에 두는
경우는 통틀어 1% 가량밖에 되지 않음을 보면 알 수 있다.

그러니 우리 인간의 문장이나 언어라는 것이 '무엇이 어찌하다'면
중요한 핵심은 표현한 것이 아닐까 한다. 목적이 되는 대상은 있으
면 명백해지지만 주어, 서술어에 비해 그렇게까지 꼭 필요하지 않
다는 것이다.

우리는 주어, 목적어, 서술어를 문장의 주성분이라고 한다. 이
주성분을 따라 다니는 성분에 '부사어, 관형어' 등이 있다. 이 부속
성분이 있음으로 인해 글이 더 선명해지고 확실해지며 꾸며지게
된다.

그런데 세상을 한두 해 살아가면서 요즘 느끼는 인상은 주어나
목적어나 서술어보다는 부사어나 관형어가 더 중요하지 않을까 하
는 생각이 든다. '누가', '어찌한다.'라는 것보다는 '어떻게' '어떤' 등
의 모습이 더 소중하고 참다운 인생의 맛이리라 여겨지기 때문이다.

67 한글 기원의 영어 단어

다음은 인터넷 위키백과(https://ko.wikipedia.org/wiki)에 제시된 한글 기원의 영어 단어들이다.

첫째, 영어 사전에 정식으로 실려 단어로 인정받은 것들이다.

Bulgogi(불고기)
Chaebol(재벌)
Chisanbop(지산법)
Hangul/Hangeul(한글)
Hapkido(합기도)
Kimchi(김치)
Kisaeng(기생)
Ondol(온돌)
Panmunjeom(판문점)
Sijo(시조)
Soju(소주)
Taekwondo(태권도)

위에 제시된 단어 중에는 당시 문화관광부가 2000년 7월 7일 고시하여 지금까지 적용되는 〈로마자 표기법〉에 벗어난 것들이 몇 개 있다. 우리의 〈로마자 표기법〉은 1948년, 1959년, 1984년, 2000년 등 모두 사 차에 걸쳐 제정이 이루어졌는데, 이 중 1984년은 매큔-라이샤워 표기법을 근간으로 이루어졌었다. 그에 따라 지금은 어두의 'ㅈ'을 'J'로 표기하지만, 당시에는 'Ch'로 기록했으며, 이것이 외국에 알려지고 고착화되면서 'Chaebol(재벌), Chisanbop(지산법)' 등으로 표기한 것이다. 어두의 'ㄱ'도 'K'로 기록한 것 또한 같은 이유이다.

둘째, 아직까지 영어 사전에 등재되지는 않았지만, 조만간 등재될 가능성이 매우 높거나 외국에 널리 알려진 단어들이 있다. 이들 단어들이 널리 알려지는 것에만 급급하지 않고 하루속히 사전에 등재해야 정식 단어로서의 지위를 가질 수 있을 것이다.

Bibimbap(비빔밥)
Galbi(갈비)
Gosu(고수(高手))
Hantanvirus(한탄강 바이러스[13])(漢灘江 Virus))
Hwabyeong(화병)
Janggi(장기(將棋))
Juche(주체(主體))
Kimbap(김밥)

---

13) 한탄바이러스란 한탄강에서 세계 최초로 한탄바이러스(Hantan virus)를 분리해 낸 이호왕 박사가 지은 이름으로, 한국형 출혈열의 병원체이다.

Muk-jji-ppa(묵찌빠)
K-pop(한국 음악)

셋째, 외국에 이미 널리 알려진 회사나 상품 브랜드 고유명사가 있다. 우리의 기업은 타국의 기업에 비해 브랜드 인지도를 높이는 광고에 역점을 두지 않는 편이라고 한다. 먼 미래가 아니라 가까운 미래를 위해서도 브랜드 이미지 마케팅은 상품 홍보보다 가치가 더 높다는 것이 중론이다. 다음은 세계적으로 알려지고 있는 우리의 기업 브랜드 단어들이다.

Hyundai 현대그룹
LG 엘지그룹
Samsung 삼성그룹
SK SK그룹
Samsung Electronics 삼성전자
Ssangyong 쌍용그룹
Kia 기아

한국의 세계화가 국제화의 지름길임은 두말할 나위 없다. 우리 것이 세계만방에 나가 자리매김을 할 때, 우리의 문화를 비롯해 한글 또한 세계화에 주도적인 역할을 할 수 있는 것이다. 지금은 불과 몇 개의 단어일 뿐이다. 머뭇거릴 여유가 없다. 작심한 지금 이 순간부터 우리의 단어들이 세계 문화를 주름잡는 단어들로 하나하나 침투(?)되기를 간절히 바란다.

68 한글의 단점

세상에 단점이 없는 존재는 없다고 했다. 단점이 있기 때문에 그 존재 자체가 오히려 정이 가면서 숭고할 수 있기도 하다. 세계 최고로 과학적이고 체계적인 문자, 한글도 단점이 없는 것은 아니다. 사실 그 단점이라는 것이 보기 나름이다. 그 단점이 오히려 장점이 될 수 있는 경우가 허다하기 때문이다. 여기에서 일컫는 단점은 언어로서 습득하고자 하는 사람들이 학습에 곤란한 점을 중심으로 이야기하고자 한다.

문자 체계상 더 세분화되어 체계적이라 할 수 있는 한글의 자음 삼중구조가 단점일 수 있다. 한글을 배우고자 하는 외국인에게는 어려움일 수 있기 때문이다. 대체로 외국의 문자는 ㄱ, ㄴ과 같은 예삿소리와 ㅋ, ㅌ과 같은 거센소리로 구성된 체계가 많다. 즉 자음이 이중구조가 많다는 것이다. 그러나 우리 한글의 경우는 여기에 된소리가 하나 더 있어, 삼중 구조이다. 즉, 'ㄲ, ㄸ, ㅃ, ㅆ, ㅉ' 등이 더 있는데, 이에 해당하는 문자가 없는 외국인의 경우에는 이를 발음하기 어렵다는 것이다.

두 번째 단점은 감각어 특히 색채어가 발달하여 표현이 너무 다양하다는 것이다. '노랗다'의 경우만 보아도, '노르께하다, 노르스름하다' 등 약 10가지 표현이 있으며, 미각을 나타내는 감각어 중 '달다'의 경우도 13가지나 표현이 가능하다. 우리에게 표현이 다양한 것은 감각이 예민하고 아주 세밀하게 표현한다는 장점이 될 수 있으나, 한글 습득자에게 어려운 것은 사실이다.

세 번째, 활용이 너무 다양하다는 점이다. '모르다'라는 단어를 활용해보면 '몰라, 모르게, 모르지, 모르고, 모르니, 몰라서…' 등 100여 가지가 넘게 활용이 가능하다. 우리 한글이 활용을 하는 교착어의 특징을 지니지만, 활용이 너무 많으니, 이 또한 보통 어려운 일이 아닐 수 없다.

네 번째, 높임말이 발달한 점이다. 우리의 높임말은 크게 주체높임법, 상대높임법, 객체높임법이 있고, 그중 상대높임법은 격식에 따라, 하십시오체(아주 높임), 하오체(예사 높임), 하게체(예사 낮춤), 해라체(아주 낮춤) 등으로 나누며, 격식이 없이 쓰는 높임말에는 해요체(두루 높임)와 해체(두루 낮춤)가 있다. 또 주체 높임법 속에는 제3자가 아주 높임의 대상일 때, 관계를 따져 공대하는 '압존법'까지 있다. 복잡하고 혼란스럽다고 생각할 만하다.

영어권의 외국인들이 배우기 어려운 언어 순위를 아랍어, 중국어, 일본어 다음으로 우리 한글을 삼았다니, 시사하는 바가 크다. 읽고 이해하는 것에는 그다지 어려움이 없으나, 발음이나 문법에 맞춰 표현하는 경우가 굉장히 어렵다는 것이다. 우리말의 경우 표기와 발음이 음운 현상에 의해 다른 경우가 많다. 예를 들어, '독립문'이라 쓰지만, 발음은 '[동님문]'이니 따로 발음을 익혀야 한다. 또 발음상 서양어에는 있으나, 우리에게는 없는 자음이나 모음이 몇 있다. 예로 [f], [v], [θ], [ʒ], [ʃ] 등이 그것이다.

이 외에도 한글은 표음문자이기 때문에, 동음이의어가 많다. 한글 표기는 같지만, 원 의미가 다른 경우가 많다는 것이다. 예를 들어 '감상'의 경우, 感傷, 感想, 感賞, 監床, 鑑賞 등처럼 여러 의미가 있다는 것이다.

세계 최고로 우수한 문자임에도 불구하고 이렇게 단점이 많은 것을 보면, 문자 자체가 결코 만만한 구조가 아님을 알 수 있다. 그러나 이렇게 단점이 있지만, 그래도 여타의 언어에 비해 단점이 많지 않다는 점은 또 놀랄 만하다. 그래서 우리 한글이 세계에서 단점이 있음에도 최고의 문자로 대접을 받는 것이다.

69 의성어와 의태어

무릇 의성어란 사물을 흉내 낸 말을 일컬으며, 의태어는 사람 또는 사물의 모양이나 움직임을 흉내를 내어 만든 말을 말한다. 의성어와 의태어는 대체로 부사라는 품사를 지니며, 상징어에 속할 뿐만 아니라 대립구조 형태를 취하고 모음조화를 지키는 편이다. 강약을 조절할 때는 예사소리, 된소리, 거센소리 순으로 한다.

대립구조라 함은 'AB'형이거나 'ABAB'형, 'AABB'형임을 말하는데, 이러한 특성 때문에 첩어(疊語)가 많은 편이다. '방긋', '방긋방긋', '울울창창' 등이 그 예라 할 수 있다. 그러나 반드시 대립구조를 취하지는 않는다. 'ABCB'형을 취하면서 변화를 주기도 하는데, '울긋불긋', '아롱다롱', '알쏭달쏭' 등이 그 예이다. 이런 경우는 반복으로 인한 식상함을 벗어나려는 의도에서 비롯된 것으로 보인다.

모음조화란 양성모음(ㅏ,ㅐ,ㅑ,ㅒ,ㅗ,ㅘ,ㅛ)은 양성모음끼리 결합하고, 음성모음(ㅓ,ㅔ,ㅕ,ㅖ,ㅜ,ㅝ,ㅠ)은 음성모음끼리 결합하는 것을 말한다. 모음조화의 경우, 양성모음끼리 결합한 경우는 크기가 작고 양은 적으며, 무게는 가볍고, 분위기는 밝으면서 맑은 편에 속하고, 음성모음끼리 결합한 경우에는 이와 반대로, 크기는 크고, 양은 많으며, 무게는 무겁고 분위기는 어두우면서 탁한 편에 속한다. 한 예로 '찰싹찰싹'과 '철썩철썩'을 대비해 보면 구분이 될 것이다. 자음에 따라 강약을 조절하는 예로는 '박박:빡빡:팍팍' 등이 이에 해당한다.

대체로 모음조화를 지키는 것이 올바른 표현이지만, '깡충깡충'처럼 모음조화가 파괴된 경우를 표준어로 삼는 경우가 있으니, 유의해야 한다.

여기서 한 가지, 각국의 언어가 똑같은 소리를 표현함에 있어 결코 같은 소리로 인식하지 않는다는 것이다. 이는 언중들의 사회적 약속이라는 언어의 사회성에 기반한 것이라 할 수 있다. 같은 닭 울음소리도, '꼬끼오(한국어), cockadoodledoo(영어), cocorico(불어), kikeriki(독어), kokkekokko(일어)'처럼 제 각각이다.

세계적으로 우리말은 상징어가 발달된 것으로 알려져 있으며, 이로 인해 전하려는 내용을 더 실감나고 재미있게 표현할 수 있는 장점이 있다. 이토록 우리말에 음성상징어가 발달한 것은 반복과 모음조화만 지키면 쉽사리 만들 수 있는 구조적인 편의성, 어휘를 쉽게 만들 수 있는 조어력(造語力), 강한 생성력과 섬세한 표현 능력 등을 지녔기 때문이다. 그래서 우리말이 정말 우수하다고 하는 것이다.

70 두 가지 이상의 한자음

우리가 흔히 쓰는 한자 중에 두 가지 이상의 음을 가진 한자가 더러 있다. 이 한자들은 어떻게 읽느냐에 따라 의미와 소리가 완전히 달라지기 때문에 이에 대해 각별히 주의할 필요가 있다.

'切'. 이 한자는 '끊다'의 의미일 때는 '절'로 읽지만, 모든 것을 뜻하는 의미일 때는 '체'로 읽어야 한다. 따라서 '一切'는 '일절'로 읽을 수도 있고, '일체'로 읽을 수도 있다. 그러나 그 뜻은 확연히 구분된다.

'일절(一切)'은 품사가 부사로서, '아주, 전혀, 절대로'의 뜻을 지닌다. 흔히 행위를 그치게 하거나 어떤 일을 하지 않을 때에 쓰는 말이다. 부정어와 함께 호응하여 쓰인다. 반면에 '일체(一切)'는 '모든 것'을 의미하거나 '일체로'의 꼴로 쓰여 '전부'나 '완전히'의 뜻을 표현한다. 따라서 다음과 같이 표현할 때 유념해서 할 필요가 있다.

- 학용품 일절 구비(×) → 학용품 일체 구비(○)
- 일절 허락하지 못한다.(×) → 일체 허락하지 못한다.(○)
- 냉방 시설 일절 완비(×) → 냉방 시설 일체 완비(○)
- 참가비 일절 무료(×) → 참가비 일체 무료(○)
- 출입을 일체 금한다.(×) → 출입을 일절 금한다.(○)
- 일체 말이 없구나!(×) → 일절 말이 없구나!(○)

'讀'. 이 한자는 '읽다'의 의미일 때는 '독'으로 읽지만, 신라시대부터 있었던 차자표기인 이두(吏讀)를 표현할 때는 '두'로 읽는다. 과거 조선시대에 句頭와 句讀를 '구두'라 같이 읽었는데, 여기서 비롯된 것이 아닌가 추정한다.

'覆'. 이 한자는 '복'과 '부', 두 개의 음이 있다. '복'은 '엎어지다, 넘어지다, 배반하다, 되풀이하다, 도리어' 등의 뜻일 때, '부'는 '덮다, 덮개'의 뜻일 때 읽는 음이다. 그렇다면 '하천복개사업'처럼 읽는 것이 과연 옳을까? 결론부터 말하면 틀리지는 않다. 그러나 더 정확한 발음은 '부개'로 읽어야 옳다. 그런데 언중들이 관용적으로 '복개'라 읽고 쓰는 것이 익숙해져서 국립국어원에서도 '복개'라 읽는 것을 허용하였다. 따라서 '覆蓋'는 '부개', '복개' 모두 맞는 표현이나 원칙적으로 '부개'가 더 정확한 표현이다.

'識'. 이 한자는 '알다, 식별하다, 지식' 등의 의미일 때는 '식'이지만, '표하다, 인정하다' 등의 의미일 때는 '지'로 읽는다. 따라서 知識은 '지식'으로 읽어야 하지만, 標識는 '표지'로 읽어야 옳다.

'惡'. 이 한자는 '모질다, 악하다, 추하다'의 의미일 때는 '악'으로 읽지만, '미워하다'의 의미일 때는 '오'로 읽는다. 따라서 '惡行'은

'악행'으로 읽지만, '憎惡'는 '증오'로 읽는다.

'樂'. 이 한자는 '즐겁다'의 의미일 때는 '락', '악기'나 '풍류'의 의미일 때는 '악', '좋아하다'의 의미일 때는 '요'로 읽는다. 따라서 '娛樂, 快樂'는 '오락, 쾌락'으로, '樂器, 音樂'은 '악기, 음악'으로, '樂山樂水'는 '요산요수'로 읽어야 한다.

저자 소개

김홍석(金洪錫)

공주대에서 국어교육으로 학사와 석사 과정을 마치고, 둘레둘레 상경해 2003년 단국대에서 국어국문학과 국어학 분야 박사 학위를 받았다. 1991년 충남해양과학고등학교를 시작으로 교편을 잡아 24년간 충남 도내 고등학교에서 국어교사를 하다가, 2015년 충남교육청 소속 장학사로 전직하였다. 2012년 계간 『산림문학』, 2017년 『한국문학예술』 문예공모에서 수필 부문 신인상, 한글학회로부터 국어운동 공로 표창을 받기도 했다.

2001년부터 10여 년간 단국대, 공주대, 순천향대, 백석대, 경찰대에서 국어학 및 글쓰기 강사를 거쳤다. 한국언어문학교육학회 연구이사와 한글학회 충남지회 총무이사를 역임하였고, 전국 시도교육청, 교육연수원, 학교 현장에서 국어학 분야 특강도 하였다.

쓴 책으로는 『여말 선초의 서법 연구』(2004년, 한국문화사), 『눌은밥과 돼지고기 장조림』(2005년, 아이러브올리브), 『형태소와 차자표기』(2006년, 역락), 『국어사 연구와 자료』(2007년, 공저, 태학사), 『국어생활백서』(2007년, 역락), 『고정틀 박살내기』(2007년, 보성), 『우해이어보와 자산어보 연구』(2008년, 한국문화사), 『은어와 우리말의 세계』(2011년, 글누림), 『길을 묻는 그대들의 푸른 나침반, 충남외고』(2011년, 공저, 기획, 글누림), 『세계어 연구』(2012년, 공저, 기획, 다래헌) 『각시붕어를 찾아』(2014년, 맑은샘), 『한글생활백서』(2017년, 연필의 힘), 『노무족의 향기』(2018년, 부크크) 등이 있다.

우리말 생활백서

초판 인쇄 2018년 12월 10일
초판 발행 2018년 12월 15일
지은이 김홍석
펴낸이 이대현
편　집 박윤정
디자인 홍성권
펴낸곳 도서출판 역락
　　　　서울시 서초구 동광로 46길 6-6(문창빌딩 2F)
　　　　전화 02-3409-2058(영업부), 3409-2060(편집부)
　　　　팩시밀리 02-3409-2059
　　　　이메일 youkrack@hanmail.net
　　　　역락블로그 http://blog.naver.com/youkrack3888
　　　　등록 1999년 4월 19일 제303-2002-000014호
ISBN 979-11-6244-230-2 03810

* 정가는 표지에 있습니다.
* 파본은 구입처에서 교환해 드립니다.

■ 이 도서의 국립중앙도서관 출판예정도서목록(CIP)은 서지정보유통지원시스템 홈페이지(http://seoji.nl.go.kr)와 국가자료종합목록시스템(http://www.nl.go.kr/kolisnet)에서 이용하실 수 있습니다.(CIP제어번호 : CIP2018040328)